U0060669

夏敬觀談近代詩詞

忍古樓詩詞話

夏敬觀 原著
蔡登山 主編

導讀　夏敬觀和其《詩話》、《詞話》

蔡登山

夏敬觀（一八七五—一九五三）是近代著名的詩人、詞人、學者、書畫家。他在經學、史學、詩學、詞學以及書畫藝術均卓然有成。尤其是在「同光體」江西詩派（「同光體」分福建、江西、浙江三派）詩家中，除了陳三立（散原）外，當推夏敬觀最負盛名。其詞學成就，世人評曰：「自來詞家，西江稱極盛，同叔發藻於臨川，堯章流聲於南渡。近年作者，推萍鄉文道希學士，而新建夏劍丞，如驂之靳矣。劍丞稟其世學，既喜為詩，又工於詞，詩格規撫孟郊，詞則奄有清真夢窗之長。」

夏敬觀，字劍丞，或作劍臣、鑒成，號盥人，又號吷庵，室名忍古樓、窈窕釋迦室。江西新建人。十七歲應童子試，得入縣學，光緒十九年（一八九三），經學大師皮錫瑞來南昌主講經訓書院，夏敬觀慕其名並從之學，專攻《尚書》，旁及諸經，受其影響頗深。光緒二十六年（一九〇〇）因庚子之亂，夏敬觀避居上海，從鄉賢文廷式學詞，即為當時名家所賞。至光緒三十三年（一九〇七），刊行《吷庵詞》一卷，詞名大盛。根據陳誼所著《夏敬觀年譜》，光緒二十八年（一九〇二）夏敬觀捐知府，分至江蘇任用。同年十一月，入江寧布政使李有棻幕府，主持辦理清賦督墾局。十二月，受兩江總督張之洞之聘，兼辦兩江師範學堂，任提調。期間銳意革新，廣延教席，對兩江師範的發展做出重要的貢獻。光緒三十四年（一九〇八）四月，前任復旦公學校長兼安徽高等學堂監督嚴復向兩江總督端方寫信，推薦夏敬觀出任中國公學監督，稱其「精明廉幹」，端方同意，於同年六月聘夏敬觀任復旦公學監督。宣統元年（一九〇九）五月，巡撫陳啟泰任夏敬觀為左參議兼憲政總文案，總辦江蘇諮議局地方自治籌備處，十二月，署理江蘇提學使。

武昌起義後，避亂寓居於上海西郊。一九一二年任江西鹽務局總辦。此前，原與張季直友善，一九一三年，張季直任農商部長後，特聘為秘書，不久亦辭。一九一五年，赴上海就商務印書館之聘，編校涵芬樓宋人筆記數十種。編校既竣，於一九一九年十二月往浙江省就教育廳長職。一九二三年在杭州創辦捲煙稅。期間雅興不減，時邀三五好友出遊，杭州西湖當然不在話下，寧波亦曾一遊，另外從這年所寫詩二十四首來看，紀遊者亦占大半，可見遊興之高。同年十二月，夏敬觀在上海西郊康橋自築房屋一棟，名曰「忍古樓」，有〈康橋宅成詩以落之〉一首描寫道：「小園數畝饒有花木亭臺之勝。春秋佳日，恒集名彥，觴詠其間。」自此以後，與官場絕緣，唯事丹青、詩詞、著述。

一九二九年十二月，經葉恭綽提議，約集滬上詞流朱祖謀、徐積餘、董授經（名康）、潘蘭史、周夢坡、夏敬觀、劉翰怡、吳湖帆（名萬）、陳彥通（名方恪）、易大厂、黃公渚等人於覺林素菜館，議決設立《全清詞鈔》編纂處，印發徵求所有清代詞集啟示。據《夏敬觀年譜》一九三〇年冬，夏敬觀與滬上詞流如朱祖謀、程頌萬、葉恭綽、陳方恪等二十九人，在夏宅成立漚社。漚社成員包括民國時期著名的詞學家、清代遺老、民國政要、書畫名家、大學教授等。漚社詞人的詞作具有鮮明的特色，他們在詞集文獻整理、詞選編纂、詞話寫作、詞學研究等方面也均有傑出的成就。而同年，夏敬觀又與黃公渚、吳湖帆、徐紹周、陳灨一等成立康橋畫社。夏敬觀五十六歲始攻繪事，每遊覽歸，即摹擬點染，凡足跡所至，皆以圖記，狀寫煙巒之景，復附以詩詠，人皆以摩詰視之，不久即名聲大噪，遠近求畫者踵至。

一九三五年，夏敬觀與滬上詞人又成立聲社。一九三六年創辦《藝文》雜誌，以「發揚國學，增進民族之輝光。」同年，與龍沐勛擬合辦詩詞函授班。「七・七」事變既起，日軍旋入侵上海，夏敬觀的生活頓時陷入貧困，加上吳太夫人棄養之後，喪事也花費不少，為維持日常生活基本開支，只得將康橋舊宅賣掉，一九三九年四月，移居霞飛路法租界靜村。生活雖然艱辛異常，但處之泰然，益勤於著述，撰成《八代詩評》、《唐詩評》。

一九四七年，任南京國史館纂修，主持編年體長編，並負責上海方面的資料搜集。因勤於著述，而膳食、居所諸條件均不善，經濟負擔亦重，致一度賴鬻畫為生，多種因素疊加，對身體影響甚大。一九四八年七月突患中風，行動大不如前，但依然著述不輟，翌年，病益重，幾不得起，仍筆耕不已。一九五三年去世，享壽七十九歲。

夏敬觀一生主編、著述著作甚多，編有《詞調溯源》、《古音通轉例證》、《經傳師讀通假例證》、《今談析》、《漢短蕭鐃歌注》、《歷代御府畫院興廢考》、《忍古樓世說》、《清世說新語》、《鄭康成詩譜評議》、《詩律》、《太玄經考》、《西戎考》、《梅宛陵集校注》、《王荊公詩選注》、《陳簡齋詩選注》、《楊誠齋詩選注》、《八代詩評》、《唐詩評》、《調律拾遺補》、《彙集宋人詞話》、《春秋繁露考逸》、《戈順卿詞林正韻訂正》、《毛詩序駁議》、《六續疑年錄》；著述有《忍古樓文》、《忍古樓詩》、《吷庵詞》，《王安石年譜》、《忍古樓詩話》、《忍古樓詞話》、《宛陵集》、《窈窕釋迦室隨筆》、《吷庵自記年曆》、《少川先生年譜》、《清世說》、《編注宋人小說》二十八種、《楊誠齋年譜》。

夏敬觀的室名忍古樓，其源自於《離騷》中有「懷朕情而不發兮，余焉能忍此而終古」句，而夏敬觀的集中亦有「兀坐吾樓甘忍古」，「不作入時語，唯余忍古心」等句。其用意在表明詩人並沒有躲進象牙之塔，而是對苦難多重的祖國憂慮滿懷、眷戀縈胸。

夏敬觀的《忍古樓詩話》原載於一九三五年十一月起的《青鶴》半月刊，《青鶴》一九三二年十一月十五日創刊於上海，至一九三七年七月三十日出版的五卷十八號止，歷時五年半，總共刊出一百十四期，是上個世紀三〇年代持續時間較久的文史雜誌之一，由陳灨一發起並任總編一職。《忍古樓詩話》刊登於《青鶴》第四卷第一號、第三號、第九號。前有編者陳灨一識語云：「夏吷庵先生，詩名播天下，四十年前談詩者，輒能舉其名。所為詩話，見解獨精。他人求之勿得者，而本誌得之，當與讀者共欣賞也。」

夏敬觀的《學山詩話》是一九四一年二月起連載於《同聲月刊》，《同聲月刊》是龍沐勛繼《詞學季刊》之後主編的一份側重於詩詞創作和研究的學術號刊。一九四〇年十二月由同聲社在南京創刊，一九四五年七月停刊，歷時五年，共出版四卷三十九期。《學山詩話》刊於《同聲月刊》第一卷第三至第八號、第十、十一號。

夏敬觀的《忍古樓詞話》也是連載於《同聲月刊》的第四卷第一至三號，由於當時是抗戰後期，刊物也無法如期出版，第四卷第一號是一九四四年七月出版，第四卷第二號是一九四四年十一月出版，第四卷第三號是一九四五年七月出版。

由於夏氏這三本著作所涉及者多為近代詩詞家，有的甚至是與他同時代的。保留有極高的史料價值及詩詞家的不少軼事，而做為詩人、詞人甚至學人，夏敬觀自然有其精到的見解，所以陳灨一稱他的《詩話》說：「所為詩話，見解獨精。」。例如他談梁鼎芬孤懷遠韻、易順鼎潦倒江湖、樊增祥詩側豔都極精準，另康有為寫長詩氣勢浩瀚，他的〈六十自述詩〉有二百三十五韻，創下長詩紀錄，但他還意猶未盡，再寫兩章續之，以詩作傳，唯康氏有此氣魄。另外還有寶廷縱情詩酒、盛昱哀楊銳、張之洞寫詩筆力矯健、文廷式被譴罷官、鄭孝胥以詩人而為邊帥、郭嵩燾和曾紀澤雖為外交人才但卻能詩等等。夏敬觀的這兩本詩話，除了論詩而外，也記載了許多史事。另外這兩本詩話還保存許多詩人所散佚的詩稿，例如有李詳所遺詩稿、林紓集外詩、沈曾植遺詩、文廷式遺集未收詩、羅癭公集外遺珠、吳可讀和朱祖謀非常少見的詩等等，無疑地這詩話又起了輯佚的功能。

同樣地他的《詞話》亦然，其論點常為人所引用。例如談畫家吳湖帆工丹青，精鑒藏外，而又能詞。夏承燾深於詞學。其他提及的同時代的詞家還有汪兆鏞（汪精衛之兄）、葉恭綽、王鵬運、冒鶴亭、黃秋岳、梁鴻志、趙叔雍、龍沐勛、李釋戡、陳衍、潘蘭史、溥心畬、盧冀野、汪東、吳梅、陳師曾、易大厂等等名家。夏敬觀在談詞之餘，同時記載一些史事，宛如一部近代詞史，令人讀之興味盎然。

今將夏氏的《忍古樓詩話》、《學山詩話》、《忍古樓詞話》合為一冊，並重新點校、分段，打字排版。尤其是《忍古樓詩話》、《學山詩話》原本並無小標題，閱讀及查尋甚為不易，今乃重製小標題，以醒眉目。而《忍古樓詞話》後雖有唐圭璋收入《詞話叢編》，然其中詞的題目亦無標示，今乃重新標出題目及詞牌名，使其更便於閱讀。今既合刊，另增一書名曰：「夏敬觀談近代詩詞」，則更為醒目矣。此書當為首次出版，對於研究晚清及民國詩詞者可謂有莫大的助益。

目次

忍古樓詩話

學山詩話

忍古樓詞話

忍古樓詩話

梁鼎芬詩孤懷遠韻

番禺梁文忠公鼎芬（節庵）先生遺詩六卷，為龍游余紹宋所編。公歿後，余氏撿其鈔存之稿不可得，乃取龍氏《知服齋叢書》稿本，得二百五十二首。復遍從朋遊鈔集，得七百四十餘首，多由公往所書牋扇錄出，詮次校讎，可謂勤矣。公詩孤懷遠韻，方駕冬郎，而身世亦相若。近人詩可與公比類者，惟曾剛甫京卿習經，公詩較剛甫疆宇為大也。予得公遺詩四首，蓋余氏所未及搜得者。〈曉來十七柳亭〉云：「早覺鳥聲好，始知今日閒。池光新水到，柳色舊人攀。從政無能事，看花笑世顏。及時歸正好，吾自有深山。」題下公自注：「陳覺叟按察湖北，築於乃園。」〈懷季瑩〉云：「登亭念所知，人去獨來遲。細馬池邊影，寒花雨後姿。初逢驚病狀，當別問歸期。事與心違久，吾生有釣絲。」〈題湯貞愍梅花〉云：「犯冷穿行數十松，老夫乘興不支筇。寒雲淡日梅花世，伴我衰遲有鹿蹤。」「苦意貞心偶見花，人生各自有天涯。紛紛桃李千杯酒，何似寒家一椀茶。」

華焯詩冷俊深刻

小西園者，吾兄達齋之別墅也。池臺亭館，占地約二畝餘，布置幽曲，距吾家壺園里許。南昌城中，惟此二宅之園，較稱勝境。今皆易主矣。華瀾石有〈小西園看菊兄、蔗畇兄〉詩二首，其一云：「群卉乘時開，雖好寧免俗。風露見天真，洗鍊出秋菊。自從有此花，庭宇始清肅。碧葉愛新霜，金英照晴旭。翛然籬落間，久久散微馥。遊屐時一來，可近不可瀆。高潔在性情，何必植巖谷。淵明今則無，一杯當誰屬？」其二云：「我觀於黃花，如人有白髮。秋氣一以凝，超然露清拔。常情歡畹晚，天倪徒見滑。造物擇所勝，貽之以霜雪，故山黃茅堆，頻歲掩枯骨。平生看花眼，陰翳不再豁。毋使花笑人，行樂當作達。何日不重陽，溪蟹猶可掇。」瀾石名焯，江西崇仁縣人。與兄煇先後得甲科，官翰林院編修。蔗畇，煇字也。予從姊適煇為繼室。辛亥後，達兄避居於滬。時蔗畇夫婦留寓小西園。瀾石有《持庵集》四卷。其詩冷俊深刻，絕棄凡響，自成一家言。孤吟無侶，除二、三同里外，罕與世接。世幾不知吾鄉僻間，有此足跡遠屏、操行高潔之詩人也。

華焯詩各體皆佳

瀾石詩不特五言為佳，各體均有其至者。聊錄數篇，以見一斑。〈紅梅花下作〉云：「去年我為梅花歸，一兩枝開春色儉。今年花開可半樹，春心欲放還微斂。疏疏紺跗粲紅萼，珍重胭脂非浪染。花德如斯格始高，所性初非受天減。山中得一可勝萬，桃李紛紛墜風範。頗似濬沖標簡要，卻異靈均長顑頷。冰晨凍雀偶相偎，晴晝游蜂許來犯。為妨攀折勤護惜，小苑迴廊門自掩。了無伴侶不恐怖，夜夜銀蟾試肝膽。隔牆風醉黃蠟梅，欲送香疑不敢。」〈書齋坐雨〉云：「春風都入雨紛紛，每向叢篁矮桂聞。鬱鬱芳林病花蕊，沈沈深苑引苔紋。溪流濁穢雖資水，山吐浮淫豈是云。閉戶幽人原不出，賴消寒氣撥爐薰。」〈歸舟雜詠〉云：「鐙昏夜欲闌，遠夢思漫漫。月入知篷裂，霜侵怯被單。不知登隴客，何處息征鞍？南雁幾時北，封書寄與難。」時其兄方赴官甘肅也。〈舟行風厲〉云：「坐中傾仄動杯盤，聽水聽風詩魄寒。遠見前頭小漁艇，青山扶住片帆安。」〈山行口占〉，其一云：「崇山走蜿蜒，遠望生雲煙。行近轉無見，蒼蒼還在前。」其二云：「入山境屢變，意想不可預。但聽流水聲，知近雲深處。」大凡詩之至者，深入須能淺出。生澀而語晦，藻密而意淺，以云學孟學韓，皆無是處。瀾石未有此病也。

先父（夏獻雲）之詩

先君子自湘罷官歸里，購徐柳臣故宅居之。宅西有亭榭廊館，稍稍修葺，顏曰壺園。園中舊樹，有樟，有銀杏，有桂，有松，皆百餘年木也。先君子〈壺園遣興〉詩云：「一庭團綠樹陰陰，簾幙低垂暑氣沈。讀畫看書消永晝，栽花種竹費閒心。炎風戶外蒸金粟，涼露階前滴玉簪。且借碧筩聯雅會，歐公生日補杯斟。」「洞天高臥石床涼，小有林泉學退藏。三徑荷鋤陶靖節，一峰拜石米元章。題詩笞磴閒情寄，抱甕蔬畦野興長。茉莉夜來香過處，幽蘭畢竟更芬芳。」「秋光先到野人家，（用陸放翁句，庚戌朝試以此命題。）回首當年賦物華。真是蕭疏惟隴畝，從今閒適足桑麻。望秋一葉驚桐樹，避暑三山憶藕花。賸有江湖清夢在，不須流落感天涯。」壺園亭館，曰清嘯閣，先君子以名詩集；曰有嘉樹軒，曰古風今雨之齋，曰夢隱草堂，曰金粟山房，曰聽秋聲館，曰小滄浪亭，曰小蓬萊，曰棣華樓。有井甚甘，名曰雪泉。

先君子〈雪泉歌〉云：「豫章名泉不可數，雙泉堂湮跡已古。汲泉必從大江流，安得轆轤便擕取？我廬原有井一泓，久失疏濬填泥土。何況磚石歲坼崩，今年又復塌淫雨。一勞冀可收全功，不憚力奮氣為鼓。淤泥既盡得白沙，沙上出泉湧膏乳。坡公鑿井四十尺，白鶴新居頗自翔。今我因舊溯其源，一番經營效立都。自來地脈關盛衰，醴泉之出痼疾瘉。用錫嘉名曰雪泉，一甌涼雪清肺腑。客來雅興共品題，兩腋風生動松塵。平生多有無意遭，天公似諒余心苦。」園廊東壁刻石，有蘇、黃、米、蔡法書，皆名刻工汪嘯霞所鐫。先君子歿後，凡二十四年，遭辛亥之變，子孫貧不克守，園遂易主。謹記於此，以示不忘。

范肯堂詩如長江大河

漢壽易實甫（順鼎），童時陷賊中。其父函叟方伯，拒不以賄贖。賊愛護之，養為己子。僧格林沁夜追賊，得實甫，問知為易布政子，以付應城縣。其事與吾鄉宋少保筱墅子陷回中相類。易子慧而宋子平平無奇，則不同也。通州范肯堂（當世）有述實甫事詩三首，云：「妻孥是何物？不信愛難休。寇盜焰方熾，風雲氣正秋。孤雛鳳鸞似，一折死生羞。曷怪中興易，群才若是遒。」「飄忽夜從賊，僧王蓋有神。寧知汝孺稚，從此識天人。燈火千貂衛，風煙萬馬塵。田橫古難畫，何況跡云陳。「劫眾亦易非，慈仁有大同。可憐全我友，不忍賊斯翁。側愴井有孺，唏噓莽伏戎。眼前生齒滿，誰與祝天公？」肯堂以文為詩，大都氣盛言宜，如長江大河，一瀉而下。滋蔓委曲，咸納其間。集中〈戲書歐公答梅聖俞詩後〉，有二語云：「文之於詩又何物，強生分別無乃癡。」蓋肯堂自道其詩之旨趣，亦如是也。製長題，須明詩意而不與詩複，極不易為。肯堂效東坡特工，然間亦稍冗耳。

易順鼎潦倒江湖

實甫篤好扶乩，謂嘗遇李仙於并門，證其為張夢晉後身。其〈題張夢晉畫折枝長卷〉云：「月下仙人蕚綠華，茶紅竹翠影交加。凌寒寫出真標格，不是徐熙沒骨花。」「紙尾親題正德年，虎丘別墅印文鮮。山塘萬古春愁海，誰遣名花一泊船。」「雙墳玄墓記曾尋，如雪梅花一尺深。絕代佳人為死友，天荒地老歲寒心。」「吳下狂生跌宕才，早年情死亦堪哀。此圖即是三生石，使我茫茫萬感來。」「黃茆熨斗記曾看，過眼雲煙付達觀。夢到昔年呼酒處，一天風色太湖寒。」「梁園歲暮正無聊，魂斷江南不可招。慚愧故人千里意，汴雲燕雪奇迢迢。」「飄零墨淚劫灰餘，知己平生幾六如？曠代何人能鑒賞，憐才更有畢尚書。」「時颿文雅未須稱，數有封章在中興。聖主即今前席待，豈容荀相老蘭陵。」

實甫在清代，官至廣西右江兵備道。為岑雲階制軍所劾，罷官去，潦倒江湖。辛亥後，遂屈居僚下，攜一妾居京都，窮困抑鬱以死。與孟晉乞食相類。一時假記戲言，竟成終身讖語，亦可哀也。實甫詩生前陸續自刊，未有全集。歿後寧鄉程子大（頌萬）將為編定，子大旋亦下世，遂不果。其弟由甫（順豫）詩才亦與相埒，其集罕見。余篋中有由甫贈陳伯弢詩云：「讀汝新詩本，神州道不孤。獨憐依幕府，何事在江湖？鐵甕朝來去，金臺夢有無。秣陵花下路，相見淚應枯。」並錄於此。

黃秋岳輓易順鼎詩

易實甫幼陷賊中事，侯官黃秋岳輓實甫詩，以何平叔為比，注謂：「平叔七歲通神，實甫少有神童之目；平叔為阿瞞假子，實甫少陷賊，偽啟王亦以小王子呼之；平叔粉白不離手，實甫早修邊幅，老而自謂有少容。」則較肯堂所記尤詳也。詩云：「井水旗亭姓字香，老淪貧病遇堪傷。一生頗類何平叔，九牧終憐盛孝章。未信楹書真失託，故應篋句未全忘。陽狂晚節休相詬，飲藥從知舉國狂。」秋岳此詩，概括易實甫一生，可作其小傳觀，因並錄於此。

范肯堂賣文金被盜

聞吳董卿言肯堂為義寧陳右銘中丞作墓銘，公子伯嚴酬以千金。攜至揚州，訪柯遜庵運使。一夕就王義門談，至深夜始歸客舍，而賣文金已為盜所攖去矣。董卿投詩，先有「千里賣文錢易盡」之句，遂以為讖。今集中有〈答董卿詩〉，云：「盜愛余錢非盜跖，賣文所得盡今宵。悲歌吳季詩成讖，笑樂王生興已消。不信重城能放手，誰將萬貫更纏腰？拋除鎖鈕安排睡，直放酣然一夢遙。」〈失盜翌日，晨起作之〉：「向時平寇論，方曉盡成空。一賊盜吾有，萬端無計窮。留居殊曠蕩，去路已疲癃。絲盡繭仍失，飄搖秋樹蟲。」

楊增犖佚詩

新建楊昀谷刑部增犖，遺詩八卷，近王君揖唐為之刊印。昀谷生平作詩，實不止此。其在清季所作，遺失於嶺南。今集中有〈次和趙幼梅見贈〉詩云：舊寫好詩坐臥俱，友人嗟賞疑梵書。自失此編百回索，甚於赤水求玄珠。閒中追誦遺八九，得君俊語歡何如。」蓋即述在粵時失其詩卷也。

予篋中有其詩賤數紙，今集中亦不載，茲錄於此：「幾經搖落到秋時，夢境重尋事可悲。葉戰雨聲供擾亂，花爭風力費撐持。白猿劍在光應澀，紅鯉書來信已遲。獨向浮雲空虛去，頗聞帝釋有餘悲。」「夢外山搖一髮青，古愁重疊酒無靈。鞭魂曉逐雷前電，嵌骨宵分露後星。莫便中原留巨蠹，更尋大海葬殘螢。乾坤旋轉須臾事，豈用《陰符》一卷經。」「種界紛爭苦不休，十年誓鎧向誰酬？似聞運會張三世，要遺聲光拓五洲。月轉虛堂殘燕伏，風生廢井亂蛙愁。白猿盡有重逢日，莫枉青萍聞斗牛。」「故冊沈沈廿四家，群兒空撥舊泥沙。碾山作屑魂俱絮，簸海成塵眼忽花。霧在青天訶蟣虱，風來白地咒龍蛇。合群團體情何限，惆悵荒原日又斜。」「騰騰熱力幾人同，歌哭無端到夢中。起趁雞聲天下白，來搜鮫淚海邊紅。皮毛寧判追風馬，鱗爪渾疑作雨龍。總為頑雲驅不盡，但求一隙破鴻蒙。」「已經萬億塵沙劫，又是河枯海凍時。名士清談消塵尾，英雄舊恨壓蛟眉。死灰擁壑風雲少，頑石當山日月遲。自鑄奇愁何處剖，三千世界一游絲。」題為〈次李亦元韻〉，乃宣統年間所作也。

楊增犖歸隱西山朱霞寺

昀谷通籍後，憤於朝政日非，欲投劾歸隱，於故鄉西山購朱霞寺，將居之。朱霞，一廢寺也，久無僧居住，為鄉里土豪聚而營私之窟穴。竟橫出阻撓，聚眾毆之，傷其公子。自是遂棄去，復官京曹。時予兄芰舲與南昌萬潛齋丈，亦購西山雲堂寺，為習靜之所。辛亥後，予兄招予避居雲堂而未往。昀谷與趙堯生，有偕隱峨眉之約，亦未果。

予贈詩有云：「峨眉險巇不易上，朱霞雲堂路亦坷。避人東海良暫安，合眼還家夢頻作。」疊和又云：「雲堂本與朱霞鄰，兩寺合迎方丈坐。要知江海非久計，腰腳莫憎山路坷。」昀谷和詩有云：「雲堂朱霞各鄰近，倦時鄉夢從頭作。眼底頭陀是歸路，經卷還須白馬馱。」今集中作「虛堂」，蓋雲堂之訛也。昀谷精研佛乘，理解透闢，其人自有來歷。而晚歲困頓，及寄家津沽，子弟竟有無端遭遇不測之事。是亦前因，必於此生了之耶？吾曹欲脫屣世塵，投身窮谷，如此不易，亦只憑經卷遮眼耳。

王乃徵詩沉著無凡響

中江王聘三方伯乃徵，晚更名潛，字病山，曾官吾省知府。予於三十年前識之於朱古微侍郎坐上。其詩沉著無凡響。歿後，詩卷尚無刊本。〈聞西湖雷峰塔圮感賦〉云：「九百年前保土雄，中闐檀施矗穹窿。寰區婦孺呼名久，幻作飛埃夕照中。」「破空危影倒波明，裝點湖山古性情。十載南冠攜酒至，一彈指頃斷鷗盟。」「成住壞空參佛諦，盛衰興替總天心。曾無珠網前埋地，那得金鈴再叩音。」「白馬虛鳴龍護休，水光山色黯生愁。為詢結伴巢居子，殘日荒岡可久留。」「亂後湖壖氣象更，輸金卜築使人驚。神州餘此埋憂地，突震晴天霹靂聲。」「浪傳蛇孽不知年，九百虞初古未刪。莫怪邨氓滋讕語，眼中斯世豈人間。」「萬千殘甓敵牟尼，一竅中函貝葉齊。倘幸六丁無力取，佛心今與散浮提。」「雨態晴容親咫尺，定香橋畔故人扉。而今應是昏鴉點，猶繞峰頭散亂飛。」詩中所云「巢居結伴」，指陳仁先、胡晴初也。陳胡交最密，近忽有隙。世言蕭朱結綬，王貢彈冠，交道難矣。晴初為病山所得士，晶節極高。

病山辛亥後閉門不出，攻苦食淡，為遺老巾最能忍貧者。其〈七十初度作〉詩云：「亂世獲苟全，處約亦何病。吾生顛沛境，古人或又甚。乾坤瘡痍裹，養此星星鬢。猶能勞筋骨，未覺厭蔬縕。所嗟蹇鈍質，時邁學無進。於道未有聞，往哲何寥敻。百六數已極，妖沴勢益橫。驗之平陂理，終俟天人應。漆園喻深根，子輿談忍性。於中必有事，云何得其證。」於此詩可見其處境之窮也。

諸宗元有詩慰憂

予生平得凶夢者二，予婦陳恭人歿，及子弟敬鑒溺死鄱湖，皆已前驗。痛定思痛，所不忍言。壬子元日，又得異夢：挈全家坐塊土上，地崩坼，四面皆水。甲子，予康橋宅成，鄰地忽掘土深數丈，廣十餘畝，輦土賣於海關填窪地。予門外遂成澤國矣。竊以為驗。然念世變之亟，心憂陸沈，仍恐不免也。一日，諸貞長至，予為誦梅宛陵詩：「波波入杞國，悄悄誰憂天？」貞長遂為詩紀之，以廣予近憂。

詩云：「君昔僦人居，往過輙賦詩。君屋成四年，何能無一詞？高樓俯林薄，榱棟皆自為。誇人以水勝，門外臨清漪。種柳雖未長，照水先有枝。種蔬雖苦潦，租地先安籬。裹足日不出，奉母娛妻兒。橐金已揮斥，畚鍤不告疲。縛茅得兩亭，更闢東西池。豈獨資灌溉，潦濕亦有歸。我來數易觀，君笑力獨施。自言謝交遊，野居今所宜。車騎不到門，地僻拒喧馳。名山隔雲堂，故廨忘都司。君有不得已，先業難存遺。昨為述噩夢，陸沈疑有期。全家據片上，追述且累唏。此語非不祥，成毀無端倪。天地即崩坼，君屋能守之。我有屋在杭，門巷君所知。旦晚可歸視，荼苦甘如飴。萬物本天賦，眾庸能自私？滄海方橫流，慰君某在斯。」雲堂，予兄所購寺也。予家壺園，鄰都司署，辛亥後已易主矣。故詩中及之。

貞長杭州宅在惠興里，毀於火。其所置王庵，在湖墅，為王仲瞿故宅。其得王庵，頗為鄉人所嫉視，亦猶昀谷之買朱霞也。貞長有〈王庵暫為我有〉詩云：「拓地何期卌畝寬，避人豈冀一身安。移栽叢柳村前見，留取方塘屋後看。隨分老當資佛力，不耕久已愧儒冠。半山空有爭墩累，始信求田問舍難。」貞長名宗元，山陰人。有《大至閣詩集》。

龍毅甫詩才甚清

攸縣龍毅甫（紱年），芝生師之子也。數年前避亂來江南，病心臟已久矣，遂歿於滬。其〈丁卯除夕金陵〉詩云：「才住真州又潤州，便來白卜暫勾留。旅懷擾擾風中纛，歸思迢迢水上鷗。餞歲看兒調水果，殘年與弟計乾銀。全家半在危城裡，剪燭觀花卜未休。」「虎口逃來膽尚寒，餘生當慰酒杯歡。長饞托命詩情健，短劍依人旅夜寬。去歲有梅香溢袖，今年無雪冷欺冠。商量置棹明朝事，一飽移家可便安。」毅甫詩才甚清，惜其早逝。乃弟達甫將為刊其遺詩，尚未果也。

梁公約工詩

江都梁公約（菼），工詩，顧不甚存稿。歿後，其子孝詠搜集篋中寫定本，印於《學衡》雜誌中，名《端虛堂詩集》，不及百篇。公約詩才甚雋，所遺棄者，未必遜於所存，惜多散落，無由拾取也。予篋中有其遺詩二篇，為寫定稿所未載，亟錄於此。〈壽蕭畏之〉云：「一靜脫萬囂，天許汝索居。渴飲已止水，饑餐無名蔬。役生徒錄錄，裒一能舒舒。眼中塵過隙，身外風翻車。先生夢獨冷，清興常有餘。藝菊得寄傲，鉏藥還自愉。蹇行不覺遠，幽坐不覺孤。乍夜香已歇，窗月白生虛。落葉打柴扉，有時來酒徒。進退無主賓，相視各軒渠，問訊醉與醒，真意無時無。汝貞自多壽，清味道之腴。冉冉江上春，將我尺一書。忽忽離亂中，我亦成老夫。執手重相鏡，尚未白髭鬚。新歌定怡人，聊復踞灶觚。」〈贈湘人蕭蒓秋〉云：「黃金銷盡少年夢，蕭寺窮店風雨殘。曩日楚狂人不識，破衣沽酒大江寒。」

李詳所遺詩稿

興化李審言（詳），著作甚富。卒未被水，遺稿漂失。歿後，其詩卷亦不知所在。茲檢視篋中，得其詩十數篇。〈嘉應古公愚寄《孯經室全集》至〉云：「太傅文章冠斗躔，奇從滄海伴珠船。直教破涕琅嬛字，痛憶招魂卒亥年。（余此書藏安慶存古學堂，辛亥九月為潯洋師掠去。）贈子惟宜迫永好，懷人終占悵遙川。聽秋許叩掔經秘，（謂同里顧聽秋詠葵。）莫竊中聲便浪傳。」〈集宴洪鷺汀園爭和周夢坡韻〉云：「著地風霜夜氣殘，婆娑生意覓餘歡。群囂取靜翻成異，孤抱初中孰謂寬。拓落自供雙眼白，槎愁撼寸心丹。鮮鮮業菊偏宜好，棖觸當筵一笑難。」〈讀海藏近詩題贈〉云：「萬折朝宗誓不回，菊花籬落正須開。祇疑天醉無時醒，重有江南劇可哀。踽踽避人工玩世，茫茫搔首獨登臺。遭汙原涉多豪傑，忍待光宣愧此才。」〈上海遇陳星南賦贈〉云：「國亡身在遇屯邅，鬢髮飄蕭兩黯然。時世正憂天寶定，交遊回溯義熙前。頹齡文字彌堪重，汐社人才各自憐。撰杖有兒能對客，欲持渠輩敵囊錢。」

〈題黃公度人境廬詩草〉云：「廿載無人繼硬黃，（貴筑黃琴塢有『硬黃』之稱，袁忠節公昶復舉以贈永嘉黃漱蘭。）如君合署此堂堂。鳳鸞接翼罹虞網，螻蝗先驅待景皇。詩草墨含醇醲味，英靈名破海天荒。試看生氣如廉藺，孰與吳兒論〈辨亡〉。」〈管領〉云：「管領西簃八九間，書叢自署小琅環。園供行藥仍開徑，戶不垂簾獨掩關。未絕華風存一線，懸知圓嶠即三山。太平詞客真難遇，（明薛千仞為太平詞客六十年。）饒羨行雲識往還。」〈聞警示古愚義門〉云：「市聲喧沸管弦愁，蜃氣青紅半入樓。小立斯須如有失，忽將歡笑付沈憂。連雲甲第誰能去，蓋海戈船莫浪搜。共有猗園殘夢在，未妨作連續良遊。」

〈鄴都行〉云：「君不見阿瞞公然挾天子，許都未覆鄴都起。鄴都兵馬豪且雄，漢家龜鼎移魏宮。三臺奏伎回落日，九錫勸進誇奇功。老瞞心事如山海，自謂周文直有待。苟或失指誤平生，臨淄謀嫡遭欺紿。羽翼群臣右五官，銅臺末命涕汍瀾。西陵墓樹征西碣，倏忽黃初易建安。子恆習知舜禹事，有兒徒為孫劉地。三馬同槽讖早成，路人潛掩曹髦淚。鄴中懷古重心傷，鄴中有記劇蒼涼。漢家孤寡曹家弱，石氏前摧高氏昌。高石於今在何許，但道英雄有魏武。誰教遺令見臺郎，分明傳出傷心語。迴天倒日力易傾，高臺無跡曲池平。老瞞精爽難為厲，終古清漳流恨聲。」〈自題望廬圖（潘安仁悼亡詩：望廬思其人，先妻趙孺人歿後，乞秀水金殿丞繪斯圖以寄意）〉詩云：「老客江湖老未歸，望廬翹首倍依依。分明複壍埋雲後，懶作身先去鳥飛。疏星替月耿微明，葉落空階夜有聲。記得年年當歲暮，擁鑪嚴漏計歸程。」

〈寄懷王義門宣古愚〉云：「南海收珠日夜深，歸裝閒斥橐中金。校書馬隊尋常事，苦惜當年用世心。」「不見古愚將半載，酒樓孤負食鮒魚。天涯何處霞飛路？夢裡尋回薄笨車。」〈十月廿夜趙孺人入夢〉云：「八年無夢覓稠桑，怪爾搴簾一笑忙。愁苦欲通人已逝，但餘明月照回廊。」「班駁霜華上鬢絲，可憐汝亦瘦腰支。重尋促漏遙鐘句，腸斷銷魂是此時。」〈寄丹徒陳星南〉云：「訪舊幾疑在日邊，春中浦上客年年。德星未可尋常聚，直與相望也自賢。」「翩翩風氣散人懷，幼度能承子弟佳。流寓著書追往事，輪囷雲護癸辛街。」〈讀昌黎詩〉云：「霞佩分張籍，青冥送孟郊。如何門下子，翻有攫金嘲？」合以陳石遺《近代詩鈔》所錄，存者僅矣。

王義門遺稿

江都王義門（存），與梁公約並名。歿後，詩稿輾轉其友人處，迄未能刊以行世。義門有〈癭厂過訪，奉呈一首，並懷東原〉詩云：「陋室能來長者車，寂寥羈旅意何如。安心欲訪無生法，用世惟求相斫書。鶯燕老君評玉雪，馬牛嗤我在襟裾。南天桂十如通問，擬傍桄榔賦〈卜居〉。」〈陳孝起索題四十九歲所臨晉唐人書冊子〉云：「發興自輪囷，臨池見苦辛。問年窮不死，驚坐筆如神。亦恨無臣法，應難索解人。莫將酬酒債，留爾伴蕭晨。」〈乙卯七月讀史〉詩云：「巧奏聯翩貢策符，石牛菌蠢下巴渝。井華百尺銀缾短，聖水能消渴吻無？」「髑髏啼血在蠶叢，又著儒衣入漢宮。早日明經今定策，千秋重見國師公。」「軍門急淚掩臨淄，內籠吳生計可師。省識雲居青蓋氣，莫教失喜被人知。」「三字驚心事不諧，戟髯蓮臉費安排。雲屏剗襪無人見。浪畫香螺卜鳳釵。」

〈上將〉云：「上將尊南服，蒼頭起異軍。不成傳檄定，可惜治絲棼。黯淡蓉湖水，迷茫笠澤雲。吳蠶春罷箔，江雁夜驚群。大樹婆娑志，悲笳日夕聞。毋然更煩費，終仗解紛紜。」〈夏夜病冷積，拔可邀食閩荔，不克往。夢回口渴，憶粵中黃皮果不置，寫奇二絕句〉云：「已倦橫陳疏女頰，所須丹藥火吾宮。爬搔癢垢除巾襪，贕受涼宵一簟風。」「渴羌曾作近南宮，山驛鳴肩啖露團。絕憶牆陰金彈子，江南無此可人酸。」〈丙辰正月寄炊累江寧〉云：「七載炎州別，相望閱歲寒。羈孤轉江海，旅食守叢殘。枯樹餘生在，狂花瞥眼看。梟鸞一毛羽，蛟蜃各波瀾。錯有量金鑄，饑愁買玉餐。自然堪隕涕，何地足憑闌。念子從軍幕，臨文據將壇。新詩能惠我，傲骨不應官。西瀼酣歌老，南樓賓主歡。愈風煩草檄，活國待彈冠。腰瘦心逾壯，時危地孔安。近聞摧六虎，早與說廉丹。」

〈展齋感於蘅意而有歸志，頃聞自贛移鄂，卻寄一首，時蘅意已受代而仍宿留，因並及之〉云：「書來款款說宜休，誰遣移官沂上遊？泊宅何須問鄉里，買山是處足林邱。微生共老兵戈際，別夢仍依江漢流。絕笑欣奔彭澤令，輕裝能為小姑留。」〈無題〉云：「誰從虢國鬥焉支，鈿合金釵事可疑。射鳥歡娛前夕夢，當熊身手內家知。無端薄怒添嚬笑，坐惜良期誤歲時。多謝細腰諸姊妹，慰儂晚嫁不嫌遲。」「北勝南強深淺開，一花真見一如來。偷窺睡臉知傾國，更聽歌聲服善才。玉軫琴心初入破，金盤蠟淚已成堆。劉郎莫種蟠桃子，喝吻千春祇自哀。」

〈贈覃孝方參事〉云：「十年魚鄉，耳熟賢令尹。連城近芳躅，短轅接高軫。觥觥慈惠師，拔薙健秋隼。東施苦描畫，寸銳來尺窘。香江酒樓上，華星俯欄楯。石塘明月圓，海氣天風引。通辭喜揩眼，陳力知絕臏。彼都為合傳，汗滴謝不敏。清言互蠻語，促坐恣嘲囅。瓶空夜潮急，扶醉去可哂。官符王路隔，軍笳楚歌緊。歸客賦嬰武，流人雜螻蚓。苟活焉用文，半點祇自閔。立稿亦素心，女嬃詈安忍。薄遊背雁飛，新涼惜荷盡。長安彈棋局，青紅幻蛟蜃。登堂話疇曩，槿籬繞石筍。相看各鬑鬑，豈謂俱泯泯。君其奮羽翰，我惟鉥肝腎。夢中荔支灣，花田共畦畛。」頃友人將為義門刊詩，求遺稿不得，予乃就篋中所藏，悉錄於此。石遺選《近人詩錄》，獨遺義門，亦憾事也。

林紓集外詩

閩縣林琴南紓能詩文，工丹青，尤以譯著小說名於世。有《畏廬詩存》二卷行世。茲得其集外詩數首。〈段上將軍以顧問一席徵予，予老矣，不與人事，獨能參將軍軍事耶？既謝使者，作此自嘲〉云：「中年當讀北山文，老隱京華百不聞。長孺固宜為揖客，安期何必定參軍。懸知骨相難遷貴，自愛行藏愧備員。再拜鶴書辭使者，閉門閒畫敬亭雲。」〈丁巳七月亂後至校檢點殘書率成一律〉云：「驕陽微殺早秋天，景物陳陳未變遷。塵案仍留纖碎稿，風窗還咽兩三蟬。本無得喪寧生感，自愛沈冥漸近憚。尚有濠梁餘緒在，觀魚來傍藥欄前。」〈懷人三首〉云：「晞髮廬山最上頭，西風斜日滿潛樓。可憐嗚咽西江水，似帶遺民血淚流。（劉幼雲）」「循吏清名滿舊都，於今蓑笠作農夫。念年同看鴛湖月，未為滄桑變故吾。（勞玉初）」「北直秋風動憚臺，一官拂袖早歸來。劉郎絕跡元都觀，桃李由他次第開。（劉伯紳）」

沈曾植遺詩

嘉興沈子培（曾植），所作詩詞每寫於廢棄書囊，隨手散失。歿後，嗣子慈護搜輯遺詩，才及二卷。予近得其佚詩數篇，〈貞長見示近詩次韻〉云：「越紐山川有古遊，好尋虖勺泛且甌。歸來鄉里〈小海唱〉，霅爾林風天下秋，葛嶺路荒丹井竭，胥濤勢盡櫓聲柔。白衣蒼狗須臾幻，安用千觴澆百憂。」〈輓潘若海〉云：「百身誰贖痛殲良，溟海沈沈霣夜光。化去定知雷拔木，病來渾箇厲排牆。新春憤與詩篇積，出戶人隨屐跡亡。別太怱怱籌未盡，知君留恨闕黃腸。」「非相蘭陵定不疑，深叢兀傲想孤羆。寧知食肉侯封望，欻聽〈招魂〉帝告辭。死睫尚棲棼冒淚，靈戈終返魯陽曦。平生捫虱雄談處，日薄西山黯獨悲。」〈仿玉溪體〉云：「青烏傳言乍有無，朝元一氣會清都。由來北燭仙人杖，可要東陵聖母符？密意袖中呈玉玦，神方墨外灑金壺。還丹八轉華如雪，傳遣丁神啟藥爐。」

〈仿衣雲閣體〉云：「掠賸為神使，尋香入鬼塗。我春來夙昔，世語一嗚呼。厚地埋憂劇，悲歌送老須。祇應成兀坐，相對兩無姑。」〈題胡愔仲唐人所寫金光明勝經卷子〉云：「北風振戶霜在瓦，東方一士今何之。圖好寧無鄭監作，詩成更待成連知。」「為轉光明梵唄書，晴窗淚滴玉蟾蜍。人間豈有藏鋒地，劍氣成虹入太虛。」自注云：「卷為潘若海所贈。若海題詩，有『藏刀原甚善』句。」〈題葉小鸞畫像〉云：「來為銀色女，去入金剛香。飛鳥影不動，青山無量光。」予與子培居滬之車袋角者數年，樓闌相塑，兩屋才中隔一籬。子培贈予詩云：「呋庵詩思清到骨，古愁冥冥非世間。散髮能為〈小海唱〉，服芝夢謁商顏山。西江選佛心恰恰，東海連鼇鱗斑斑。綠槐如山樓一角，步屧莫惜頻叩關。」諸詩均為其嗣子所輯《海日樓集》所無。

康有為長詩氣勢浩瀚

古人最長詩止於一百五十韻。南海康長素（有為），於丁巳元日賦〈六十自述詩〉，至二百三十五韻，意有未盡，復為二章續之。其詩亦氣勢浩瀚，如其平生。詩云：「開歲忽六十，元日歲丁巳。除夕飲團欒，群兒鬧鼓吹。爆竹聲震雷，紅梅麗繁蕊。雪花大如片，飛來遍階戺。池臺鋪瑤玉，林樹綴瓊珥。天姥舞羽衣，來獻新年瑞。嚴服事上帝，酒醴祀祖妣。燈燭爛廊檻，兒女懽饔饎。俛仰易元正，感慨追我史。長途行漫漫，猶記當童齔。視彼耆舊翁，相隔遠莫比。豈料親吾身，及此花甲暨。長江夜大浪，扁舟渡揚子。避雨蘇臺屋，瓦飛立無壁。華德里落磚，掠面過從耳。假磚移半寸，中腦遂已殪。《大同書》未箸，中國人無此。廿八患頭風，半載痛不止。群醫束手謝，自計亦永已。蘇村延香屋，瞑目將不食。令妻與壽母，旁觀淚泚泚；海外有良方，書架得數紙。拚死妄嘗藥，首疾居然弭。海通大勢變，萬國進猛鷙。中華猶守舊，沈沈若鼾睡。上自馬江敗，下迄割臺議。不忍吾國危，七上書投匭。遭逢堯舜君，採納及葑菲。震雷馳霹靂，變法除痡痏。維新甫百日，昭蘇動萬彙。牝晨遘呂武，讒慝遇宰嚭。毒霧噎堯臺，冤雲慘柴市。竟遭甘露禍，逮捕三千騎。閉城三日索，鐵路中斷毀。津滬並大搜，驚濤立海水。兵艦走飛鷹，嚴電馳遠邇。密詔命吾行，仲弢歌變徵。戒吾易僧服，北走蒙古寺。幼博長跪請，過津難自秘。吾生信天命，自得大無畏。經津登之罘，拾石罔忌諱。到滬得偽詔，正法著就地。驚聞上大行，捨身投海泛。英吏力抱我，勸言宜少俟。艨艟兩巨艦，護我驅濤至。十死亦不足，倖免皆大意。己亥港省母，高樓夜遇刺。開闥正對賊，隔案僅尺咫。大呼吾閉門，驚奔賊走避。乃改炸藥焚，買鄰穿地隧。吾適圖南行，闔戶免於矮。懸金五十萬，購我頭顱貴。橫地浩茫茫，視天夢噎噎。庚戌居星坡，又為敵所忌。健賊夜斬關，車夫痛斷臂。吾先及曉行，破浪已遠致。天幸何多逢，湘累爾何恃！廿年亡海外，時時辦一死。遺囑繫衣帶，恆幹付僕婢。君危莫濟扶，母病難歸侍。憂國驚溺淵，思家軫病姊。祭先顧無後，望鄉歸無自。浮雲漫長空，飛揚惟爾企。頻繁歎絕糧，質物盡簪珥。印度居絕域，交通艱郵寄。先兒大吉嶺，瘞兒亦於彼。小墳向中華，後顧無有嗣。囊餘十四錢，自分溝壑委。峨峨須彌雪，天半橫峻嶬。望嶽歌〈采薇〉，金石吟擁鼻。英雄方時來，霸王自高視。丈夫慣餓死，傭保亦何恥？巖棄雞足山，伽耶塔尚歸。方塘十七龕，有齋挾女季。山道夜深行，白牛車緩弛。山僧挾二梃，防盜出與掎。仄徑聞狼嗥，深林憂虎咥。驅馬哲孟雄，荒山行日四。徑窄路又滑，日黑驛未涖。下臨萬丈澗，轟浤浪聲恣。林密杳無見，山暝行彌邃。前趨憂虎豹，後顧憂蛇虺。長嘯愁猩猿，一腳驚山鬼。同壁投我懷，揮刀捫壁卉。尺寸扶服行，一步汗惴惴。出林見星光，據石聽流駛。枯坐待天旦，篝燈露垣桅。喜心乃翻倒，得生倒酒匜。在德遘目疾，延醫無藥餌。腹痛摩洛哥，不敢入郊鄙。洪濤渡四洋，巨浪泛其屣。吾道其非耶？曠野多虎兕。生嗟人道絕，死葬蠻夷肂。豈天降大任，拂亂苦心志。險阻與艱難，重耳久歷試。大地環三周，四洲足曾履。那岌日不落，北極看霎。遊三十一國，行六十萬里。十九年於外，子卿已暮齒。竟逢唐虞禪，已知舜禹事。新室善詐符，曹社陰謀鬼。謬假共和名，只為篡盜計。四海飲狂泉，九州慘鼎沸。生民哀塗炭，百物號更始。九關布虎豹，白日走魑魅。學校禁讀經，天孔廢禮祀。傞傞都亂舞，攘攘爭權利。荃蕙化為茅，芳橘變為枳。神社與神帝，風晦泣壇壝。鬼妾與鬼馬，色悲供娛使。神州憂陸沈，須磨悲顛頷。龔勝辱頻徵，管寧臥不起。東海吹鼉浪，風木哀陟屺。自首奔喪還，朝市久變置。重入黃浦江，若隔人間世。重望白雲山，毀壟難為祭。重返銀河鄉，見塔若夢寐。重上澹如樓，摩抄七松翠。愴然化鶴歸，人民似非是。蕭蕭茂陵樹，風雨泣荊杞。臥棘銅駝傷，入河金仙淚。舊俗既遷移，教化亦淪墜。大好舊家居，纖兒撞破碎。神器既拆散，誰能造新器？我歸一不識，若異域人貰。閉門未暇論，無賢愚惡美。歐戰莽風雲，申江遽遷次。沁園龍池臺，書畫足清閟。藏書廿萬卷，四百畫在笥。歐美亞珍物，博搜集瓌詭。少文為臥遊，華胥夢酣肆。山谷芳杜若，牽蘿從園綺。漱松飲石泉，搴芳採蘭芷。歲晏孰華予？種菜不拊髀。巨君懷大欲，託名置金鐀。騫然起巨波，洪憲圖帝制。吾時遊西湖，看管幾囚累。翩幸脫樊籠，懸賞猶密伺。吾本澹蕩人，魯連義不帝。發憤呼義徒，奔走易趙幟。碧海掣鉅鯨，大力曳贔。蚩尤旗已滅，嘖室議尚鬨。五年三大亂，蟲沙可歔嚱。君子為猿鶴，小人為螻螘。四海嗟困窮，杼軸空筐篚。機械已停轉，邦國無活理。中原試睨望，澄清待攬轡。蒲輪迎申公，洪範訪箕子。執政虛旁求，卻曲未敢詣。崆峒多風雲，橫天射長彗。鯤鵬負九萬，千里假翼翅。披艱掃紫氛，太清澄翳滓。渺渺乎余懷，天平胡此醉？補天猶未能，鍊石負恧媿。賢嚴幾歷劫，蘭菊弋代遞。新者日以親，舊者日以徙。帝王與將相，親戚及友紀。山邱多零落，吾生觀何為？古人多遭變，無如我所被。過眼雲煙中，收拾色空裡。維吾覽揆辰，五日月維二。大火赤流屋，子夜吾生始。戊戌亦流火，藍焰禍先悖。父老動色驚，奔走咸怍異。書香再世延，吾祖賦詩慰。時秉欽州鐸，名余欽為誌。摩頂受教告，趨庭訓垂鯉。康叔劉康公，未知所受氏。代傳青箱業，十三世為士。十一齡能文，十二覽傳記。連州觀競渡，占詩二百字。耆宿驚傳誦，神童謬譽儗。長受九江學，大道嚌其胾。以聖必可學，豪憐能仰跂。虹氣摩青蒼，長劍碧天倚。生性本淡泊，握卷窮日晷。幽幽雲洞奧，峨峨樵山峙。萬木下擁書，瀑流聽瀰瀰。故鄉銀河橋，故園七僧址。澹月篩葉影，落花滿衫履。金山望紅棉，花球種茉莉。蓬館日遊行，綠暗鬧紅醉。究極天下略，研窮諸教旨。箸書遂等身，發真除糠秕。講學得英才，循陔奉甘旨。雖嘗竊科第，無情求祿仕。平生不入官，好遊有癖嗜。樂豐草長林，行山巔水涘。松霞弄暉變，花鳥獻天媚。漠沙山海巨，雄奇入目眥。造物妙文章，千紅更萬紫。吾既生其中，樂天受蕃祉。前哲竭心思，制禮樂工技。我生於其後，美樂略大備。合遝翕受之，濟眾用博施。若生太平時，獨樂吾几几，豈肯預人國，歷險冒詆誹。無如哀民艱，又痛國事毀，猥以不忍心，百難遂集矢，亡身及其親，戳屍累先骴。三魂易喪，廿載歌瑣尾，臨崖足垂外，蹶墜下無底。仰涎見鱷魚，磨牙遇封豕。假能致國強，身殉亦樂只，迴觀中國勢，墜淵日傾否。空自覆吾家，危身其餘幾。胡不為燕雀，稻粱飽豢餼？胡為慕巨鰲，戴山競流徙？喪亂俗反譎，置罘陷老恤。見人鮮佳妙，睹物得欣熹。林泉送日月，豈不得樂愷？舍旃復合旃，避世水斷棄。入山恐不深，友鹿衣荷芰。人外天海闊，逍遙無歆冀。斯人既吾與，同患應大庇。萬物皆一體，諸天並同氣。發願救疾苦，華嚴現彈指。中天俛雲雨，大旱待一溉，瓦礫與腥幢，不厭人世味。往返曾八千，來此偶現示。戮辱與謗攻，皆吾宿孽遺。於天固不怨，於人亦不懟。化人之煩惱，慭然亦何似，世界自無量，國土本蕞爾。陶輪曾一擲，天地為傾圮。八表雖經營，僅若治鄰比。天宮遊汗漫，地獄入惻悱。豈敢憚患難，但發吾悲智。撚鬚白成絲，斷髮短以眊。觀河面遷皺，嗟余其老矣。惟吾滿腔春，赤子心尚稺。假年百二十，吾志自強懻。形容日衰艾，浩氣日壯厲。縱浪大化中，不憂亦不喜。江海娛浩蕩，天人自遊戲。」

其續章云：「行年得六十，壽逾大地老。君試觀蟪蛄，莫度春秋苦。相彼蟭螟巢，微生物無數。吾窺顯微鏡，蠕動紛生聚。視虱如車輪，具體骨已巨。虱體之血輪，有地球國土。析之萬億千，輾轉孳生譜。累析及至微，須費幾時序。吾人之一瞬，彼已壽千古，精心冥推想，比例難疏舉。然則六十年，豈止億歲許！以觀我眾生，宇宙樂仰俛。」「行年已六十，生性不知老，或壽億萬歲，恆沙無最數。坐視天人變，生死輪迴若。國苦幾沉滅，星日多隕去。天行運不停，日月舞大宇。時放四光明，化生茲后土。彗星觸之沉，黑暗遂萬古。開闔在所覺，視猶頃刻許，山中千歲者，縮短七日處。視此六十年，豈直比旦莫。而何稱祝為，謬爾偁耇父。」長素歿後，詩集尚未刊行，僅此詩有手寫本耳。

羅癭公集外遺珠

順德羅掞東（惇曧），有《癭庵詩集》一卷，外集一卷。歿後，葉遐庵為之刊行。掞東詩為曾剛甫所選定，實不止此。余篋中有其〈書盧江陳子修事〉五言一篇，敘事委曲盡致，以文為詩，集外遺珠，不無惋惜。序云：「子修諱於勤。癸卯日俄戰役，以水師武官，奉大府命，潛入旅順，察俄情甚備，中讒功不錄，積瘁死，越歲丁巳，俄都大革命，俄帝幽焉。子修練俄事，決之前十載矣。其兄詩，字子言，抵余書，丐詩彰之。為括書其事。」詩云：「陳生何為者？十五棄毛錐。男兒重報國，安用文事為，金陵肄武備，天津習水師。學成狎風濤，使船如馬騎。颷輪窮北溟，臣浸破南維。桓桓虎豹韜，鬱鬱龍鸞姿。惕哉旅順口，天險棄如遺。國恥不可雪，坐屈俄羅斯。君夙練俄事，士女爭攀追。平居盛遊讌，歲時相饋貽。有女愛豪俊，欲以身事之。含笑謝俄女，恨過未婚時。山川阨塞處，精察及毫釐，徼巡秦皇島，奉職忘其疲。微行問民苦，青天今在茲，折衝民不爭，莊叟非吾欺。癸卯仲冬門，俄日兵相持。朝思詗俄情，取彼決然疑。大府謂君才，密令有所窺。受命不告家，變服犯險巇。隻身走兵間，伺隙飴其詞。密報署衣帛，從者歸疾馳。其中實敗絮，國事如亂絲。間關出虎穴，手足已胼胝。小舟青泥窪，中礮沒流澌。善泅乃脫水，微命大所私。親朋不相識，枯瘠面目黧。入險五閱月，方冒萬苦歸。艱勞不見錄，讒謗謬相隨。

萋斐出同里，不俟誠數奇。吁嗟噲等伍，去去從此辭。觥觥楊泗洲，秉節制東陲。任宮惟其材，拂拭歎歲遲。沂州古巖邦，捧檄稱都司。廉察析秋毫，盜絕閭閻嬉。盛年志未申，旁人歎秩卑。天奪胡太速，不及擁旌麾，男兒殊堂堂，馬革當裹屍。終隨嘯下歿，不得死交綏。阿兄摧肝腸，淚絕痛連枝。歲月屢轉轂，每念轍涕洟。幸哉善人後，有子名曰琦。弱冠好文史，詞藻紛葳蕤。伯也顧之慰，扛鼎如虎兒。君歿十二載，俄亂忽猖披。君身堯城囚，星象帝座移。執政繫頸組，搢紳相纍羈。巨變彼何速，君已預為期。覘國信瞭如，寧必待蓍龜，惜君不及見，墓草已離離。阿兄長太息，尺書馳京師。厥友子羅子，相譽不相訾。請述俄亂事，報君重泉知。吾詩寧足珍，持以答陳詩。」

羅癭公為歌伶編劇

掞東昔官郵部，辛亥後未嘗出仕，曾一受禮制館聘請而已。寄居京師，縱情絲竹，多為歌伶編排雜劇。其〈病起詩〉云：「吾非佛圖澄，鷗鳥日可狎。」又云：「有歌必須聽，對酒不強醉。」

蓋紀實也。余輓詩有云：「餘生付歌者，百念消氍毹。奈何犯眾史，排娼騰其誣。豈謂焚樂器，埋汝骸骨枯。哀哉死生際，墮地啼呱呱。萬事無一可，細甚不免誅。此意至沈冥，內難語妻孥。邇聞病狂婦，怒碎空米盂。緊誰裹飯人，歌哭來黃壚。」掞東晚益貧困，歿時其夫人亦病狂。忌者因以騰誹，未喻信陵醇婦之意耳。

秋岳有〈輓掞東〉詩三章，其一云：「幽士例愍秋，況乃哭逝者。識君十五年，換此淚盈把。君才殊坦蕩，好客出儒雅。曩同官郵廳，愛我詩自寫。國遷官亦黜，老屋守片瓦。至人無恩怨，居易何取捨。十年風月場，靡役不揮灑。酬君九州名，媵以小史奼。去年生恚嗔，不自意馬。固疑性反常，實兆心疾瘕。遽云坐謗傷，恐非知言也。及聞垂死語，圓脫信般若。」其二云：「窮秋復阻兵，茲世實可哀，莫念四印齋，念之心骨摧。我初讀君詩，天目新歸來。我淑梁雙濤，惟君良為媒。可園禊再修，憫忠花屢開。蜜脾（黃孝覺）暨潘（若海）麥（孺博），高樓懽銜杯。中間幾哀樂，離合千風埃。一日過君飯，燔炰雜芋魁。為言邁仙郎，亞作南枝陪，北碑範細字，搦腕教親裁。我方側帽遊，君意攙嘲詼。贈言儼箴衍，舊懽今不回。騰騰人海中，遂亡澹宕才。」其三云：「蒼天厄文人，世亂遇尤酷。每翻孝標序，深念步兵哭。君身頑而溫，婦子並如玉。異時張長沙，好士屢推轂。庶幾彯天衢，乃有狼齕足，夷然亦無忤，果蓏例剝辱。造物意猶飲，長年貧為梏。雖梏不自哀，春容托歌曲。極貧又予病，心賢重劓。將身化鼠肝，亦不赦汝毒。文章故憎命，何獨盛搏逐。頗疑身非身，其魄早升屋。傷哉病狂婦，焉識君鬼籙。人間無樂土，決去儻自福。魂兮歸閒安，寺門粲秋菊。」

掞東歿後，未有傳志記載其平生遭遇。秋岳此詩甚詳，可作小傳觀也。詩中「仙郎」指歌伶程玉霜，「南枝」指梅畹華。玉霜能楷書，掞東所教也。時有左右袒者，掞東怒之，尤與萍鄉文公達（永譽）忤。病作經年，竟歿。易簀之際，意遂盡釋。秋岳語我如此。公達為道希學士子，今亦下世矣。

王義門遺詩二首

予於詩話中，錄存亡友遺詩。遠近朋交，往往以予所不及見者錄示。茲又得任君心白寫寄王義門（存）遺詩二篇，題云：〈金蘅意來詩，盛言彭澤山水之勝。君官翰林二十年，未嘗求外，今忽兩作縣令，寄此調之〉。詩云：「平生金翰林，懶不聽朝鼓。年年送作郡，高枕臥江滸。胡然百六會，攘臂說治譜。辭尊而居卑，捨身救眾苦。豈云戀升斗，頗亦商出處。諸侯有惠愛，打景相媚撫。猶能賦新詩，豔說名山主。（君來詩有『一年管領小姑山』之句）三徑資有無，公田祝時雨。」

其二云：「昔我折腰日，人禍未蔓延。入官已驚怛，百怪來蜿蜒。不免用意氣，中更相哀憐。知罪仍竊祿，徇已稍任天。如是八九載，顏厚手足胼。較知偏瘠區，差得試所便。喜君山水縣，遠紹陶公賢。陶公豈不美，吏事無述焉，毋亦望而走，賸可酒作緣。疲氓今孑遺，況入義熙年。君勿小百里，豈弟足迴旋。」

王又點工詩詞

長樂王又點（允晢），以工詞名。予既書其詞於《忍古樓詞話》，邇來李君拔可復為刊印遺集；譽搜得其逸詩逸詞。又點為詞固工，其詩亦真氣彌滿，掃盡凡近之語。近得〈壽林琴南〉七古一篇，乃拔可所刊《碧棲詩詞》中所未有也。詩云：「竹筠素節生已堅，松柏耇造神純全，在物既爾人亦然，偃風零秋何足言。卓哉貞世畏廬叟，志事早日凌雲天。承平家巷記談笑，興廢輒刺山陰船。李（畲曾）高（鑄龍兄弟）方（雨亭）魏（季渚）迭賓主，人物景氣常清妍。此日信樂足畢景，瞥眼乃類秋林煙。君行入浙旋遊燕，隨身德義高嶼璠。文筆畫史將詩禪，古今得一堪引年。君擅三事還旁兼，傳薪桃李尤翩翩。向來忠愛出天性，九度柳雪趨陵園。亭林若見定驚歎，千秋名業知難專。嗟我周旋久隨肩，偶然去國還家邊。昨聞雁宕親行纏，道阻欲往空憂悁，寄詩一溯平生歡。停雲直望思此賢，西山蒼翠猶眼前。高秋作健當賓筵，釂白為我髯頻軒。」

孫益葊為詩絕少

元和孫益葊（德謙），著述甚富，已刊者有《太史公書義法》、《漢書藝文志舉例》、《劉向校讎學纂微》、《六朝麗指》、《稷山段氏二妙年譜》、《古書讀法略例》，未刊者有《諸子要略》、《諸子通考》、《孫卿子通誼》、《呂氏春秋通誼》、《古書錄輯存補》、《南北史藝文志》、《文選學通誼》、《四益宧駢文稿》。其生平為詩絕少。友人黃君公渚頃寫其所作〈三末謠〉見示，謂益葊嘗讀《元詩選》及元遺山詩，見有同姓名者二人。《元詩選》中之孫德謙，官平章，且殉節。其人皆遭末造，與己身世略同，因為〈三末謠〉以自悼。詩云：「金末能詩壽不長，元末殉難官平章。及余而三又清末，不夭不節守其常。」益葊雖不以詩見長，覘此亦可以知其生平抱負也。

吳可讀詩少見

皋蘭吳柳堂侍御可讀，予先輩之交遊也。侍御歿在光緒五年己卯，時予方五歲。予弱冠時，嘗聞先兄芰舲談德宗之立，爭者不止侍御一人。摺皆留中不發，及侍御再請為穆宗立後，於蓟川寺中繕寫封章，因以屍諫。中外震動，訝其不言於立帝之先，侍御直名雖著，而終有疑問。友人姚虞琴得侍御〈罔極篇〉，並以見示。乃知侍御先有母在，葬母畢，始決意屍諫也。予〈為虞琴題罔極篇後〉云：「緊古忠孝人，得存幾遺翰。此出〈攜雪堂〉，血淚寫含飯。都畿方隕喪，自分死魚爛。匍匐扶母棺，竟全有神眷。母死身許國，忠孝道一貫，從容盡言責，豈計殺身患。上疏爭繼統，實鑒女禍亂。大事寧可默，決然用屍諫。是時三月暮，宣南忽飛霰。九天與三義，廟鬼同泣歎。孤孫久泉下，（侍御之孫與予同在蘇撫幕，今已歿矣）。吾友得此卷。云從兵間收，幸未雜薪爨。細書初到眼，真氣浩不散。知子慕義人，能貴今所賤。」

侍御詩文不多見，〈罔極篇〉後有〈題少梅聽鸝軒詩卷〉二律，為今刊本所未有，亟錄於後。序云：「少梅從事於杜有年，亦可知其得力之所在矣。是少梅雖不願以詩自鳴，而詩亦足以名少梅矣，少梅將南旋，余亦歸耕不遠。異日者，故鄉佳日，攜斗酒雙柑，坐綠陰深處，思君佳什，惠我好音，則聽鸝軒中，又結一重翰墨因緣。余老矣，猶能為君一再跋之。原稿以愛不忍釋，留閱案頭，幾二十許日。茲書此歸之，並繫以小詩二首。時甲戌七夕前一日也。題少梅《聽鸝軒詩卷》後。」詩云：「占得金焦勝，天生命世雄。十年攀桂客，一卷浣花翁。攬轡燕齊粵，聽鸝〈雅〉〈頌〉〈風〉。平生少期許，心折大江東。」「十七人中侶，〈己未余得士正副榜十七人〉。如君定出群。深情托毫素，高誼薄天云。翰墨因緣合，舟車道路分。明年南雁北，可許好音聞。」

俞明震困而彌工

山陰俞恪士提學明震，有《觚齋詩集》。伯嚴吏部稱其托體簡齋，句法間追錢仲文。感物造端，攝興象於空靈杳靄之域。所論極當。其提學甘肅，權布政使，適遇辛亥之變。遂罷官，輾轉由草地歸。晚居杭州南湖，詩境益勝。蓋遭際坎坷，困而彌工，不特得山川之助也。

〈庚戌十一月出都口占〉云：「塵外陰沈覺有霜，天東初月照昏黃。十年錯料成今日，一醉拚教進急觴。高樹亂鴉呼晚霽，西山殘雪剩微光。風旛自動心無著，留待滄桑話短長。」〈宿新安縣示子言〉云：「我從洛陽來，坦途無百里。峨峨見城闕，崤陵列屏几。車馬亂流渡，隱隱如浮嵦。

莫弔古戰場，中原事未已。風起遠天黃，落日淡如水。況為行路人，茫茫誰遺此。須臾日西匿，回光射成紫。幻影逐明生，饑烏投暗止。此是古今情，悠悠吾與子。」〈遊山歸泛舟出裏湖待月〉云：「山遊腰腳疲，蜷臥如春蠶。漾舟出裏翅，霽色明澄潭。群峰促使瞑，若戒遊人貪。一樹尚殘照，雨過南山南。湖光不能紫，細浪吹成藍。濛濛覺遠喧，渺渺窮幽探。月出天水分，始知風露酣。各有愁暮心，詩味從可參。清景何處求，湖燕飛兩三。一失不可摹，此意吾寧慚。」

姚永概詩亦清絕

桐城姚叔節〈永概〉，余甲午同歲生也。仲實〈永樸〉之弟。著有《慎宣軒詩文集》。為文有家法，詩亦清絕。〈客有言近時文頗尚梁體者，戲答一絕〉云：「秦皇漢武久消亡，魏晉元風亦渺茫。巨手互和猶未見，祗應相對話蕭梁。」〈題畫〉云：「真山不免金銀氣，巧奪豪爭起大瀾，何似畫中山最好，斷無塵土到毫端。」

胡朝梁詩

鉛山胡梓方（朝梁），伯嚴吏部之詩弟子也。畢業於震旦、復旦二校。於泰西文學亦頗深造，林琴南譯小說，多賴其助。〈掃葉樓與星悟上人閒話〉云：「士有百無能，能堪一世貧。偶然出臨眺，高語隔輕塵。落日初歸雁，西風昨憶蒓。老僧話興廢，疑是六朝人。」〈南康賴瀟侯學於陸軍飲詩廬有詩賦答〉云：「短衣縛褲歎吾曾，舊稍歌詩看汝能。鄉國論才真可數，酒懷作達總難憑。提攜萬感成孤注，繾綣百年幾中興。聞說舊憐石遺室，故應堂陛最先登。」〈立秋日作〉：「平生見事當苦遲，惟有秋來我先覺。一涼向晚練衣單，明日庭梧下猶綠。」

吳淶詩思至清

清河吳溫叟（淶）與王義門、梁公約齊名，詩思至清。〈題趙玫叔村居〉云：「半傍山村半水鄉，北窗白日夢羲皇。停車載酒揚雄宅，落月張琴左氏莊。賓主能閒心共遠，寂喧相對意俱忘。春秋佳日休輕負，薄醉何嫌側帽狂。」〈和段蔗叟四首〉云：「叟也據槁梧，威鳳鳴天閶。淶也吟草間，淒切如寒蛩。強我相酬和，汗流走且僵。微生甘衰白，夫子有耿光。奉手敬承教，願言示周行。贈言過寵借，驚悚迷所方。韓門有籍湜，蘇門為秦黃。倘焉不遐棄，問字來負牆。」「我與梁蒼立，二年不相見。因風寄一紙，千里恍覿面。為言潘鬢凋，低頭就曹掾。病餘酒戶小，愁饒詩情倦。危時道德喪，亂世文章賤。我亦蓬蒿人，何詞相慰薦。知否段蔗翁，孤吟寄遙眷。忽吝懷友篇，火急付郵傳。」「壯歲作書傭，邂逅大小李。大李風騷人，小李溫雅士。我乃驂其間，周旋執鞭弭。聚散二三年，如一炊頃耳。大李勞校勘，小李走萬里。歲時遺我書，開緘一歡喜。陵谷忽陁陊，波雲競詭委，小李阻重瀛，大李泊海涘。一時段蔗翁，感舊懷二子。安得敘古懽，同醉淮陰市？」「凶歲孑遺民，苦望來年豐。昊天靳朔雪，得不憂忡忡。隔窗似淅瀝，開門忽迷濛。眼眩觀銀海，手僵鞭玉龍。冬青婆娑綠，天竹的爍紅。那管樵蘇濕，何慮蹊徑封。教兒煖尊酒，呼童翦畦菘。獨酌酬造化，裁詩慰蔗翁。水旱勿預計，當無蝗與蟲。多欣復多慨，渚陸遍哀鴻。」

陳寶琛詩有亡國舊君之慼

閩縣陳弢庵太傅寶琛，有《滄趣樓詩集》。曾自訂稿，將刊行，先寄陳伯嚴吏部，其壬午主試江西所拔士也。太傅就商，辭極謙退。吏部遂為刪汰多篇。師弟之間，皆有古人風誼，傳為佳話。然以是生前卒未鋟版，近始尤其哲嗣乞吏部序而刊之。比於眉山之序居士集，殆未妨多讓。

余篋中有太傅詩四篇，亟錄於此。〈再疊平齋見示之作〉云：「飄發朝朝感匪風，流離誰念信天翁。幸無機事防純白，時復車塵戀輭紅。多難偷生聊作達，餘年寡過敢希功。喜君樂此猶無改，金石聲還出屢空。」〈平齋有書枉存，並眎近作，次韻奉和〉云：「八表氛祲積不澄，海壖霧雨木生冰。起樓無地規多景，礱石何年頌中興。誰遣淹留長作客，自憐老禿漸成僧。聞君詩興猶如舊，能忘宣南盛集燈。」〈林子有移居，有詩屬和漫畣〉云：「漢火中衰遘閏餘，露車敢陋九夷居。王城如海猶宜陋，人境無喧便可廬。延月穹樓陪母飲，藝蔬隙地課兒鋤。治生不是吾儒事，終勝求營但抱虛。」「蕭瑟無緣賦〈小園〉，故侯瓜好憶青門。卜居追接三遷宅，思舊難招九逝魂。散鬱上層望遠海，煖寒東際就初暾。他年先友編成記，及共行朝奉至尊。」弢庵工為詩鐘，雖嵌字詠物，題極纖仄，於十四字中，必有深遠寄託。其律體極似晚唐人韓冬郎渡海後詩，彌深亡國舊君之感。不特詩相類，其身世亦同也。

王病山遊山詩

中江王病山方伯，向有《遊徑山天目詩》一卷，已印行。余架上本有之，不知為何人持去，遂不見歸。其遊天目，先識一徑山老諸生。遂往徑山，主其家，十數日，笠屐登陟殆遍，復步行遊天目。余凡遊天目三次，未嘗能一陟徑山。蓋其時徑山寺已為盜賊所焚毀，遊者相戒勿往。東坡遊跡，惟到徑山。揣當北宋時，登徑山易，登天目難耳。病山嘗謂余曰：「徑山者，一縮小之天目也。然竹木殊盛，雖小而幽曲。」又曰：「凡遊山皆須有濟勝之具，且不擇居止飲食。」此語誠然。今臨安道中，知遊天目者多矣。至於徑山，人以為小而忽之，則不免交臂相失。

病山又有遊鄧尉詩，其寫景極避平易，亦不填塞，是為上乘。〈石壁精舍〉云：「太湖西畔群山迴，奔如渴驥爭湖飲。一山橫臥居前衝，偃仰湖波作湖枕。湖中山掣長虹影，圓界湖光收使近。

微開一角接混茫，噓吸雲濤三萬頃。東風召客司巡梅，到此湖山兼管領。山脊老梅無數好，耐冷遲開人不省。石壁精舍何人鑿，旁峙露臺若崇鼎。其俯面湖仰面山，有石可棋泉可茗。是時春半收寒凜，薄雲徐捲松陰靜。沈侯林侯弈秋徒，一局未終費長景。冥然叉手散原老，俄吐新篇埽元瀋。人間何世今何日，觀物觀我一桃梗。尋花躅忿花無言，買酒澆愁酒易醒。看山便懷禽慶蹤，望湖直羨鴟夷艇。側睨浮山數點青，誰與築官吾長寢。」〈司徒廟觀宋柏〉云：「寒香沁骨梅花湖，中有青青柏數抹。十萬瓊姿鬥清好，何若昂藏古丈夫。植傳天水事恍惚，歷劫自爾專靈區。摧拉已慣風霆厄，青蒼亦當雨露濡。已斷復續絕復甦，起伏顛倒昧厥初。平生賞奇不語怪，靜對徐悟冥有樞。方死方生造化鑪，見首見尾神龍軀。元精中貫憑慘舒，天眼視一人眼殊。遺像肅瞻漢司徒，當年魁奇俠與儒。炎統中微起再造，蛙紫閏位從驅除。生世中州廟三吳，終古食報理不誣。斯人不朽樹不枯，天所庇佑神持扶。嵩陽有栢植漢代，丞相祠物傳蜀都。並生天地各自立，差別先後胡為乎？」

〈韓蘄王墓〉云：「靈巖一角路盤紆，萬字穹碑照具區。日月孤忠餘戰伐，江山遺愛禁樵蘇。風香碧草吹麟臥，雲護蒼松墮鳥呼。躑躅道旁新廟食，六陵煙樹久糢糊。」〈遊鄧尉第三日，偕甘卿、覺先、愔仲登靈巖，愔仲題名寺壁。是日仁先導散原補遊天平，濤園、詒重同謁韓墓先返〉云：「遊舠艤溪流，靈巖朝暮見。探幽近轉忽，陟險眾已。晨興始命儔，然諾喜過半。紓途懷古賢，杖策北麓先。嶕嶤千歲墳，緬逝愴然歎。坡陀往復還，行逐翠松旋。平生凌雲儔，到此勇怯判。四人相與友，逸氣遂傲岸。犖确陟微徑，遵路得泮渙。六飛昔臨幸，邈矣光華旦。至今承輦處，草木有餘羨。憑高俯寥闊，東望繚芳甸。目希泰山回，了見閶門練。川原信沃衍，林巒被蔥蒨。不解沼吳年，禍遽潰一戰。轉矚太湖波，際天寫浩瀚。亂峰插芙蓉，點點玻璃片。欲竭靈胥濤，一洗百憂涫。三日愜幽賞，復此凌壯觀。未為造物妒，天宇纖雲散。療渴趨僧寮。雪乳一甌薦。謖謖來松濤，坐久忘日旰。既張題壁歸，蓬窗詫餘伴。」

陳毅詩為時所重

湘鄉陳詒重侍御毅，有《東陵道》一篇，傳為詩史，有單行本。侍御文章氣節，均為時所推重。其遺集本有其鄉人願為刊行，嗣以忌諱甚多而罷。余友黃公渚曾鈔示侍御詩數篇，茲錄於此。〈西山〉云：「秋色滿西郊，秋心引客勞。尋思避地苦，寧解看山豪。日暮群羊下，風哀一雁高。峰頭近天處，應見海東濤。」〈寂寂〉云：「寂寂生遙夜，浮生寄託微。更繁風乍定，燈暗月多輝。佳日看看盡，頻年事事非。如何北渡雁，嘹唳向東飛。」〈螢〉云：「螢火來何處，飄流度一生。徒添秋草恨，無補夜窗明。碎影乘風亂，斜飛點露輕。清光誰惜汝，終古是冥行。」〈蟬〉

云：「嗚蟬在空柳，侵曉客心驚。風聲樓無穩，靄稀思更清。高潔獨自信，淒激難為平。四海蜩螗沸，何人識此聲。」〈京居雜感〉三首云：「寸土天王地，誰教域外淪。已成虞芮訟，猶信蜀吳親。甌脫終非漢，丸封早不秦。中宵一片月，空照海西濱。」「莽莽黑龍江，波濤日夜撞。畫河聞玉斧，表界失銅幢。鷸蚌都非利，蛟鼉未易降。晚來風更惡，飛雨打寒窗。」「楛海潭經選，潛樓著史才。未開韋曜講，還斬孟堅臺。大雅堪儔匹，清倫有鑒裁。雖非公輔地，人物漢原來。」

朱祖謀為詩極寡

歸安朱彊邨侍郎祖謀，生平專力於詞，為詩極寡。其遺集中有詩一卷，亦不盡為自作。茲從劉翰怡〈希古樓勘書圖〉錄得一篇，是其親筆。詩云：「舉世皆鶩新，斯人嗜稽古。委懷惟琴書，樂志匪場圃。吾皇信聖人，一怒天下睹。誰知毫翰間，猶足想神武。白頭臥滄江，歲晚驚臣甫。整襟一登樓，飛白傳天語。宛委知荒唐，二酉亦塵土。庶幾比天祿，青藜照夜午。」

陳金籛詩遒鍊雋永

侯官陳金籛，石遺老人之子。傳其家學，詩極遒鍊雋永。〈同鐵庵法源寺棗花寺看花，約次日為公園之遊因雨而止〉云：「飽看丁香與牡丹，王城春末尚深寒。追懽莫悵吾生寡，造物都如人意難。已覺風前花簌簌，況聽簾外雨潺潺。扶窗草樹欣新沐，可似中年強自寬。」〈賦軒前藤花葡萄〉云：「簇簇生新壓架斜，累累結實望猶賒。滿庭花氣烘人煖，半牖朝曦盼汝遮。樹柵植援皆托庇，帶蘿被荔足矜誇。吾生檮散兼蓬轉，只合桑陰自種瓜。」

周樹模與樊樊山倡和

天門周沈觀中丞樹模，晚歲居舊京，與其鄉人樊樊山相倡和。國變後，達官中以能詩而寄跡朝市，又皆鄂天門籍者，惟此二君。〈秋日同樊山笏卿遊棗花寺看紅杏青松卷子〉云：「汗人厭街塵，掉臂尋幽寺。行經白紙坊，疾過屠牛肆。闖門駭僧雛，茲遊誠造次。虛堂薦茗果，未解客來意。人競牡丹時，胡獨以秋至？自適匪適人，因心為取棄。拙庵〈松杏圖〉，宣南有遺事。世換更偷奪，舊觀還此地。題詠紛麻竹，可存什一二。王（漁洋）朱（竹垞）舊風流，樊左吾氣類。不署紙尾名，防遭來者議。掩卷步僧廊，長楸留晚翠。沙數閱塵劫，骨體老不媚。重為百年物，繞樹增歎喟。歸路趁斜暉，濁酒取微醉。惟應盤山師，識此寥寂味。（志璞和尚號拙庵，明末削髮盤山為僧。康熙間被召至京師，居棗花寺。今為崇效寺。〈紅杏青松卷〉存寺內。」）〈和樊山泊園賞菊韻〉云：「如今菊樣半新陳，雜遝秋容轉勝春。閒裏自成仙一日，寒中難得友三人。（謂樊山竹笏及予）。鴨壺爛煮師盧儉，鮭菜多名笑庾貧。玉盌蛾眉寧有此，浪憑刻畫恐非真。（答來詩意）。」題中笏卿姓左，官位稍次，亦鄂中能詩者也。

樊樊山詩側豔

樊樊山方伯增祥，自州縣官起家，洊升至江寧布政使，曾一護督篆。詩詞皆以側豔擅長。未達時，見知於南皮張文襄。其《江漢炳靈制義》，潤色多出其手，為一時士人模效，持為科舉利器。〈大雪兩晝夜勢猶未已喜賦〉云：「月拚十金買甜水，不如煮雪玩茶蕊。誠心默禱侑以詞，頑雲凍作黎祁塊。玉龍百萬從天下，見首兩日未見尾。初覺錦衾五更寒，曉望瓊樓互百里。離宮粉塑金鵷鵲，故家銀鍍鐵獅子。千夫掃街填溝彴，十床溜冰迷途軌。敲戛風竹夜有聲，堆垛寒松朝未已。玳瑁雲中碾玉塵，鹿胎地上淨瘢痏。朱門爭臠大官羊，白屋坐愁砂鍋米。即今上苑百花開，來年京圻二麥美。人心於天各恩怨，老懷即物成悲喜。麗廔五間閃電窗，冰油薄醮桃花紙。映書不眩秋水瞳，臨帖頻呵薑芽指。妻孥團圞坐向火，煮餅煎酥自料理。頗念天公於我厚，求雪即雪尺有咫。亟收梅瓣雜韲中，還拾瑤華入詩裡。閒人閒事轉更忙，好景好詩寧止此，願及西峰雪未醒，出郭訪梅鞚長耳。」

郭曾炘和樊樊山詩

侯官郭春榆侍郎曾炘，工詩，有《亥既集》，歿後定本名《匏廬詩存》。〈次韻樊山前輩喜雪詩〉云：「六出花開誰翦水，不待攢苞與敷蕊。催雪得雪詩有靈，假我文章須大塊。今年三白屢愆期，赴壑脩蛇行沒尾。朔風一夜捲飛霙，知度龍沙幾千里。凍縮先驚牛馬毛，埋深定殄蝗蝻子。老農望澤久懸來，倦客閉門方掃軌。堆瓊積素浩無垠，徹夕連朝殊未已。光明大放淨塵翳，沴厲盡消脫瘡痏。便應飯甕歌老坡，惜少畫圖顛寫米。興至聊為汗漫期，座間俱是東南美。街南樊叟跡久疏，忽展新詩真失喜。好語如穿九曲珠，傳觀已貴〈三都〉紙。相呼白戰奮先鋒，想見忍寒呵凍指。與公京國同羈棲，舊日巢痕誰復理。堯年鶴語但增悲，瞻望橋山猶尺咫。偶從園綺遊橘中，只合陰何撥灰裡。天公作戲付詩料，破涕為歡賴有此。不嫌布鼓傍雷門，正恐陽春乖里耳。」

學山詩話

袁昶詠史詩

「方略新奇古未聞，黃中編入羽林軍。漢中米賊全燒堞，帳下蕭娘（原注：梁臨川王宏）尚冊勳。碣石夜飛鍵戶牝，玉河朝罨入烽云。檀蘿蟻鬥南柯內，肉搏三旬未解紛。」「浸長將成八月凶，既非橫策又非縱。國書祈請三牛耳，（原注：發國電三與俄、英、日本，請執牛耳，與各國排難解紛）。塵拂驅除幾馬蜂。（原注：時相云：群夷大馬蜂耳，蠅拂子驅之足矣）。妖術並無五里霧，巖關已失一丸封。徒然遵養時之賊，（原注：陶侃罵王導語）。桂觀蘭池滿夕烽。」右袁爽秋太常昶詠史詩，錄自其《庚子日記》中，前一首六月初十日作，後一首十二日作。爽秋太常，光緒庚子拳匪之亂被害三忠之一也。

是月初五日記，載〈上榮中堂（祿）略園書〉云：「再密陳者：犬羊異族，罪惡滔天。自道光庚子粵東燒煙土案，直接此次燒夷館，始知徽猦，首尾適一甲子。天道好還，網恢不失，此殆自然之理數，豈人力所能為耶？惟目前巨釁，起於民教互仇，拳洋交鬨。此次決戰，宜提開俄日本兩國，而專與行教之各國為仇敵，乃於事理為協也。日本經聖慈柔遠閎謨，前派劉學詢、慶寬聘問，訂有密約，煞費周旋，久欽宮廷妙用。俄自聖祖仁皇帝，命內大臣索額圖，訂《尼布楚互市約》後，乾隆中，特開恰克圖市場，二百六十年全盛之世，且未嘗失和。丙申年，大學士李鴻章，又密承廟謨，與俄君主訂立密約。一決裂，則新盟頓寒，前功盡棄。此應分別辦理，一也。日本與俄從無一教士教民，在我內地煽惑生事，不宜無故開釁。師出無名，二也。然此特以情理論之也，若以地勢論之，尤不宜輕開邊釁。俄重兵屯紮在阿穆爾東海濱兩省、旅大兩口不少；日本自廣島趨對馬島，由之罘薄津沽，不出三日可達，地近而偪，調陸軍視各國為易。此可與聯絡合勢，以共拒歐洲各強敵。即不助我，亦可使守局外，而未可不分皂白，概屏之為鯨鯢魑魅，而我自措足於孤立無援之地。此兵家形勢所忌，宗社存亡之機，尤當審慎，不宜付諸孤注一擲，自召土崩瓦解之局，三也。准拳仇教，恐大江南北哥老會梟匪，皆借仇洋為名，聞風而起，必有甚於十七年之教案，非疆吏所能彈壓。江路一有阻隔，漕糧京餉，必難北運，饑軍譁潰堪虞，尤不能不預計者也。為今之計，必急圖補救之方，似仍宜從先清城內入手，以安夷心、保物產為主。除拔出俄日兩國使臣外，俟東交民巷黎庭掃穴後，移宋董諸軍，會同莊邸剛相，押送義和團，開往津沽，俾當前敵，而以諸軍鞭笞嚴督其後。勝則勒部編伍，汰弱留強，如曹公收黃巾精銳，編為青州兵之法；敗則付諸蟲沙浩劫，以絕後患，可兩得之。幸天佑宗社，雨澤時降，大半可散而歸農，免致盤踞輦轂之下，不久且生變。此患漸去，則中外離合和戰之局，可以審機因應，一面兼促合肥使相，入都謀之。天若祚聖清，俾社稷危而復安，金甌缺而仍補，則中堂與執政諸公，斡旋危局之功，永永與廟堂丹青，河山帶礪，剖符無極矣。昶自前月召對，不稱旨；又上書兩邸，並草一摺，坐與朝議相枘鑿，箝口觸網，不敢復言事。顧臣子當急君父之難，義不敢默也。敬為門下密陳之，俟採擇，大局幸甚。」

（原注云：略園深以為然，遂發三國電添入英）。

初八日記，又載代轂兄草奏，云五不可恃：官軍、義和團、津防、葉祖珪明師、軍餉。急救之法五，其二為拔去俄、日本兩使，仍令李鴻章聯兩國之交，以減敵勢。其三為飭諸軍督押義和團，往津沽當前敵，以除後患，蓋太常所陳書之宗旨，略園仍未了然，故詩中有「既非橫策義非縱」之句。初八日記：「聞設督辦軍務處（端慶二邸徐相崇公）於禁垣方略館，崇公（綺）力主借拳剿洋，並謀拆津鐵路，以限戎馬之來，可謂謬極愚極？」初九日記，載其出門拜客云：「出後門，城西拐角，起樓櫓，高與牆齊，架炮攻西什庫。出順治門，繞前門，由東便門入齊化門，紅巾處處有之，真亡國之兆。漢季以黃巾亡，元季以紅巾亡，粃政感召一也。」觀此，知方略黃巾，亦紀實之語。

文人典兵誤戎機

朝政窳敗而清議出，黨禍興而宗社覆，自古皆然。清同光間，高陽李文正當國，一時清流附從，所稱備起居、能建言者，不下十數人。戲為品題者，皆以五官四體之字目之，如「清流頭」、

「清流喉」、「清流舌」之類，惜今不能悉舉其目而屬之誰某也。馬江之役，豐潤張幼樵（佩綸），會辦福建軍務，軍敗遁走。甲午之役，吳縣吳清卿（大澂），自湖南巡撫，疏請出關，兵敗，僅以身免。文人典兵，無後一轍，說者譏之。二人者，皆當時所稱清流也。幼樵以罪發軍臺效力，赦歸，遂為李文忠婿，番禺梁文忠（鼎芬）〈題瞿鹽法廷韶快園圖〉詩云：「舅氏後先登玉堂，兄取二士瞿與張。簣齋習儒不習戰，一旦消搖歸洞房。」簣齋，張佩綸別號。張清華，字蘭軒；鼎華，字寈子，乃文忠之舅氏。簣齋中庚午順天傍，為蘭軒所薦也。馬江之役，簣齋實誤戎機，無可諱言。然其時中外兵力器械，已相差甚遠，實亦無由致勝。主戰者不量力，皆清議之咎也。甲午亦坐此病，李文正、翁文恭主戰於上，清議諸公慷慨激昂於下，實皆未明敵勢也。

寶廷縱情詩酒

寶竺坡侍郎廷有《偶齋詩草》，其〈送張文襄之洞巡撫山西〉詩云：「與君生不幸，值此時事艱。相從侍彤廷，抗疏同直言。君言富經濟，我言空擊彈。豈不觸眾怒，實賴聖德寬。君今當遠行，使我涕汍瀾。性疏罹禍易，恩重全身難。久此共憂患，不樂君高遷。羨彼求友鳥，和鳴幽谷間。故人何揚州，直諫劇激烈。前歲送南行，一晌成永訣。人生重聚散，生離即死別，天涯縱健在，重見實難說。我頭已有霜，我鬢漸添雪。光陰不暫留，莫負頭上門，明月朗如日，燕晉清光俱。雲霧時往還，山川阻修途。大上恒此月，地下陰晴殊。隻影卻獨照，索居空長吁，安得好風水，時時為掃除。千里共相望，異地離懷舒。去年對便殿，惟我三人同，強項抗群議，葵藿抒愚衷。去秋黃叟去，祖帳飄西風。今茲復送君，嚴凝常隆冬。雪歸太行西，月出滄江東。夢中縱識路，魑魅愁相逢。」

侍郎與盛伯熙祭酒昱，同為清宗室，俱當時清流，而均能詩。張文襄〈拜竺坡墓〉詩云：「子政忠言日月光，清貪獨少作金方。市樓一琖良鄉酒，那得魚頭共此觴。」用事切合。侍郎於光緒壬午典閩試，歸途過浙，娶江山船娘為妾，知將為仇家所劾，遂自劾罷官，縱情詩酒。袁太常詩所謂「豪華聲伎終為累，竹箭摧殘未改筠」也。時又有為俳句調之者曰：「宗室八旗名士草，江山九姓美人麻。」蓋所娶船娘面麻也，可謂謔而虐矣。

盛昱哀楊銳詩

盛伯熙〈杜鵑行〉，哀綿竹楊叔嶠（銳）作也。詩云：「杜鵑啼血聲不止，白衣少年佐天子。翻雲覆雨驟雷霆，竟與逆人同日死。死意無名世上疑，朝衣倉卒就刑時。似聞唐代水貞際，劉柳諸人有獄詞。經史蟠胸掌故熟，鼇氏未誅蘇氏族。歸隱泉明奔姊喪，解官亦欲持兄服。隱忍徘徊戀主恩，主恩深厚敢深論。茂陵遺稿分明在，異議篇篇血淚痕。劇憐六館誇高第，亦復城南飲文字。黃（漱蘭）李（仲約）當時皆偉人，與爾論交折年輩。萬里魂歸蜀道難，觚棱曉日亦年年。杜陵漫灑雲安淚，從此西川有杜鵑。」戊戌政變，六君子就逮，未有考辭，即駢戮東市。叔嶠恂恂儒者，與譚嗣同、林旭輩，意氣不相類，而亦陷不測之禍，可哀已。叔嶠有《說經堂詩草》，其〈定興道中〉云：「自入燕幽地，平沙不見春。日高塵過馬，天闊樹如人。驛路遙通薊，河流併向津。慚非游俠客，長劍亦妨身。」第二聯寫北道蕭條景象如繪，誦之若身歷其境。

張之洞詩筆力矯健

張文襄（之洞），當同治辛未重九，有慈仁寺登高之集。座客有周荇農、陳六舟、謝伯、朱肯夫、李蒓客、王廉生、董峴樵、陳逸山輩，寺有毗盧閣，可西眺玉泉諸山，下攬蘆溝橋人物。文襄詩云：「曉起開門風葉落，白日憶弟心不樂。（自注：舍弟還南皮，今聞其病）。佩壺欲上西山頭，但愁日晚上魚鑰。漁洋老子耽秋吟，黑窯廠畔曾登臨。今日平岡上樵牧，寒雲碣石空陰森。忽憶慈仁有高閣，百級三休試腰腳。晴煙隱約浮觚棱，萬瓦鱗鱗壓羅郭。使我百憂今日寬，翩然衫履來群賢。開口且從杜牧笑，枯顱誰誚參軍顛。力士酒鐺舒州杓，仰天醉看秋雲薄。王郎摩挲井闌字，謝公面壁看書勢。東嚮大嚼西停杯，二陳豪逸各有致。高臺葉響夕風起，薄寒清瘦愁朱李。就中祭酒長沙周，承平先進常同遊。手撫松鱗幾圍長，舍利滿塔僧白頭。董老五年離京國，幽棲良會惜難得。倒冠落佩都相忘，何用唐賢畫主客？清霜未高蟹未肥，籬菊未孕寒花稀。莫嫌花少蟹螯瘦，猶勝歲晏征鴻歸。夕梵鐘魚出林表，尚道行廚莫草草。卻憐寓直潘安仁，高閣翳日思魚鳥。（自注：潘伯寅侍郎，以在直不得與會）。佳日行樂須及時，楚客何必生秋悲。不見閣後累累塚，酹盡千觴彼豈知。門外馬嘶奴執鞚，遊客倦行主僧送。獨攜殘醉辭雙松，菜市然燈街鼓動。」

文襄此詩，純學東坡，筆力矯健，百餘年來，紗帽頭詩，當首屈一指。聞是日請客，忘備酒筵，眾賓已集，始及覺察。乃訪得距寺最近者一小飲食館，而令具筵。及入坐，肴饌大精，眾皆讚賞，即廣和居是也。由是馳名，數十年中，遂為京曹雅聚之所，前數年忽關閉。人事滄桑，可為一歎。

何紹基題金石詩

「誰解奚林文字禪，魯珍題罷復雲泉。空山佛屋談碑處，方外風流二百年。」何子貞（紹基）〈題所藏黑女誌〉三絕句之一也。子貞得〈張黑女誌〉於歷下，為奚林物。奚林者，名成博，諸城人，靈巖之僧也。翁文恭（同龢）《瓶廬詩鈔・題乙瑛碑》云：「奚公石墨填禪窟，蝯叟重將真面開。會見蕩陰君表頌，走將竹影研齋來。」奚林所藏宋拓〈乙瑛〉，為徐頌閣尚書所有。子貞所藏〈石門頌〉，亦奚林舊物。奚林尚有〈張遷碑〉。竹影研，頌閣尚書齋名也。又〈題殘本〉云：「尚書珍秘奚林本，賈客徒誇鰈研藏。自笑寒酸老居士，摩挲殘墨抱餘香。」鰈硯，沈仲復齋名也。〈重題〉云：「成楱已入榕全匣，猶喜鮮溪有墨緣。得見參寥真面目，談碑未了又談禪。」清代僧人，好古博雅精鑒藏者，尚有六舟和尚。而此派題金石詩，乾嘉詩人最為擅場，皆前代所無。

孫鏘鳴題壁詩

瑞安孫蕖田學士鏘鳴，過巢縣明光店，題壁詩云：「四年牛馬走風塵，浩劫茫茫賸此身。杯酒難澆胸磊塊，枕戈試放膽輪囷。愁彈短鋏成何事，力挽狂瀾定有人。絲鬢漸彫旄節落，關河徙倚獨傷神。」「巢湖看盡又洪湖，樂土東南此一隅。我是無家失群雁，誰能有屋穩棲烏。袖攜淮海新詩本，歸訪煙波舊釣徒。遍地槁苗待霖雨，閒雲欲去尚踟躕。」詩不甚高，亦不多見。道光丁未會試，學士作房考官，李文忠（鴻章）、沈文肅（葆楨），皆出其門。是科學士房中卷獨少，甚為牢騷。一日領門生輩，謁見太老師翁文端（心存），文端善風鑒，首見李文忠，即大驚賞曰：「是人功業在我輩上。」以次見及沈文肅，又激賞曰：「當為名臣。汝房中卷雖少，得此二人，復何憾。」其後罷官不出，優遊鄉里，皆李沈兩門生所照應。

學士弟琴西太僕衣言，有《遜學齋集》，詩較學士為工。〈至明光，無可棲，止在空舍中一宿而行〉云：「叩戶求依止，相看若未聞。不知貧太守，恐似故將軍。鴻雁無安宅，豺狼有輩群。雞樓語童僕，從宦復何云。」是時太僕外放知府，官安徽也。學士明光店題壁詩，正赴皖省弟時所作。其後太僕官江西布政使，迎兄同往赴任。沈文肅方為江西巡撫，學士不先謁長官，而遣僕以兄之名刺問候文肅，文肅乃不得不無往謁師，而以巡撫先拜布政。太僕績學，而性狂傲，嗜雅片。久之，文肅方招同城官屬，將議厲禁雅片。同官皆集，獨布政久候不至，促之至再，而珊珊來遲。入坐，即大言曰：「甚事如此之急？司裡尚未將癮過足。」舉座愕然，竟不得開議。文肅以其為師之兄也，隱忍至年終甄別，以「文學甚優，宜列侍從」為考語，遂內改太僕寺卿。

丁寶楨清廉自守

丁文誠（寶楨），〈中條山訪閻丹初司空〉云：「中條山色靜分明，知有賢人隱上清。繞徑柿林秋氣肅，到門竹影夏寒生。相逢白髮傷遲暮，共嚼青蔬感世情。我愧抗塵君抱潔，要將晚節證前盟。」閻文介相國撫山東，文誠官布政使，與之志合，為治以綜核稱。黃崖教案，文介所辦也。張積中者，周太谷、李平三之徒也，即大成教，亦曰平三教，聚徒講學而已。入其教者，多以貲財供教用，非八卦教之比也。

黃崖山在肥城，山前後止一徑，號為深險。時撚匪縱横，齊豫間士民，及士大夫之流寓者，多移家入山避之。會張積中父子，亦結會山中。文介聞而惡之，招之，匿不出。捕之，其徒率眾相拒格。文介怒，徵兵萬人，圍而焚之，居者千餘家皆殲焉。事平，以妖人惑眾斂錢謀逆入奏。韓叔屺〈黃崖山謠〉云：「黃崖何高高，中有妖人巢。妖人但斂錢，那解藏弓刀？黃崖何密密，櫛比多寓室。可憐唯一徑，既入不復出。中丞捕妖人，健兒樂燒焚。馬後載婦女，馬上馱金銀。淒淒復淒淒，婦女掩面啼。初不識妖人，見謂妖人妻。中丞奏天子，妖人盡磔死。人死無一降，黃崖竟若此！」觀此詩，可以知獄之冤也。文介以廉直名，往往矯枉過正。其當國時，士大夫揣摩風氣，貌為直介，而內實貪枉者，不乏其人。

儀徵卞寶第為言官，至參劾胞兄直隸通永道寶書貪墨革職以沽直，用是顯貴。文介身後，人始知其大富，不知其用何術取多金也。文誠清廉，身後無餘財，則與文介異。同治己巳，六品藍翎太監安得海，稱中旨遣赴蘇州，採買緞匹，自潞津泝運河南下，建龍鳳旗幟，所經過，地方官為之下，莫敢發者。文誠時撫山東，檄吏追捕。至德州，執而鞫之。七月二十九日，奏論置於法，隨從太監蘇拉鏢手，斬絞發黑龍江如律。其督川也，禮延王闓運長尊經書院，風流文采，均非文介所能比。文介在戶部，嚴覈名實，下教諸曹郎，分日入謁。尚書坐堂皇，旁一司官執簿唱名，堂下聲諾，如點隸呼囚者然。李炁伯（慈銘），時官江南司，手書累千言，責其非政體、不當辱朝宮而輕量天下士，始寢其事。文見《越縵堂筆記》。

勒拔萃詩有詞意

新建勒公遂（拔萃），為勒少仲（方錡）方伯之子，天賦穎異，有聖童之目，秉性落拓不羈。遊滬，沈溺於倡樓，曾擣毀一妓室之燈，妓泣訴於讎。明日，遂以貲傾購一燈店，悉令載之，以往妓所。率以是為豪，遂致窮閒，至老潦倒。其詩成就亦甚小。〈依微〉一律云：「怪得依微漏點清，枕函邀夢兀難成。春歸始信花無謂，夜短終疑月不情。十二碧城迷處所，兩三紅袖自生平。銀潢咫尺滄波回，奈此流雲葉葉聲。」少仲方伯工於詞，有《博桑集》。公遂此詩，饒有詞意，使攻倚聲，必過乃父也。

高心夔詩功力甚深

高伯足大令心夔，賓於故協揆宗室肅順之門。肅順用事，數起大獄，顧頗禮士。及事敗，往來門下者皆避之，獨伯足有生死之誼。其〈城西〉二首云：「連雲列戟羽林郎，苑樹依然夕照蒼。一狩北園盛車馬，再尋東閣杳冠裳。滫蘭若污生前佩，炷麝能生死後香。赫赫爰書鑄惇史，天門折翼夢荒唐。」「寵冠親賢料遽衰，致身胡取亟登危。將軍清靜歸醇酒，公子聲華誤繡絲。（校）（「絲」原誤作衣）。坊樂入筵天慶節，殿材營第水衡司。十年風誼虧忠告，江海堙流此淚垂。」張文襄（之洞），嘗譏伯足詩無二字相連者。又嘗誚陳伯嚴（三立）詩為學伯足。觀此二詩，文從字順，豈其然耶？

咸豐中興將相，皆定陵簡拔之人，而肅順實啟沃其間。伯足有〈中興篇〉云：「沖皇受賀朝明堂，國有元老平南疆。鍾山九隧迅雷捷，掃穴萬里真龍驤。五年荊襄畫地勢，一旦揚越通天光。遂連長圍舉京觀，轉策飛將窮飄揚。假息周星不更貸，長鯨短狐從滅亡。景風協律開慶典，亞相金印題紫囊。介弟虬服最輝映，次列圭璧銘鍾梳。『采薇』『采薇』詠未已，汰遣部曲耕資湘。別留艨艟置十鎮，率然首尾江防峻。侍郎威略湖海知，霆車轉戰兵無頓。七閩督師匡復才，西征宿將宏農儁。尋常躡履牙帳開，開府連圻對昌運。肥淮壯士起中原，一旅平吳竹當刃。文致太平武定亂，王民執虜同虎奮。北塘要盟我所銜，入城白帽猶犯順。桯杌應歸黃髮翁，艱難念自先朝進。文宗詒謀深且奇，默禱申甫當傾危。翰林潘卿諫臺趙，薦疏但入皆頷頤。侍臣故有造膝請，首贊大計承疇咨。口銜兩江授楚師，所為社稷他何知。烏乎受遺左軍桀，倏忽謀逆丞相斯。君親無將與眾棄，不濟則死忠成歟。國家除惡方務盡，功輕罪重誰敢疑？謬哉區區擲要領，不睹告廟分封時。況論成敗雖人力，亦喜神明扶正直。當時曲突豈與賓，此日登壇動高職。垂殤將上勳業雄，嘗膽君臣憂辱極。范燮陳誠戎馬前，葛亮抗表擒蠻役。吾皇治統茂康宣，紫光劍佩新顏色。臺輔宜宏退讓風，法宮日養恭儉德。鳳鳴河清莫虛致，普天率上還耕織。人生有命佐中興，明哲兼垂後賢則。」此詩學杜學韓，功力甚深，固亦無晦澀不解之處也。

劉熙載著有《藝概》

興化劉融齋中允熙載，同治三年視學廣東，一介不取。引疾歸，主講上海龍門書院十四年，著有《藝概》六卷。其《詩概》一卷，所論自漢魏及趙宋而止，所以示學者作詩之法備矣。〈詞曲概〉一卷，察其所學，蓋短於詞而長於曲。其論曲韻頗精，特誤以入聲配隸三聲，《中原音韻》自一東鍾至十九廉纖皆是。考周德清《中原音韻》，實以入聲分隸支微等韻，融齋非不知也。又言詩韻有入聲者，東、冬、江、真、文、元、寒、刪、先、陽、庚、青、蒸、侵、覃、鹽、咸是也。北曲韻俱無入聲。詩韻無入聲者，支、微、魚、虞、齊、佳、灰、蕭、肴、豪、歌、麻、尤是也。北曲韻即以東冬至鹽咸各韻入聲，配隸支微等韻之平上去三聲。其言適與考古音者所言相反，蓋知度曲而未攻許學也。

其言曲韻，自《中原音韻》始分陰陽平，明范善溱《中州全韻》始分陰陽去。後人又分陰陽上，且於入聲之作平上去者，均以陰陽分之。上有陰陽，融齋未指出自何人始，但云「後人」，其與融齋同時耶？抑前於融齋耶？近人以為吳瞿庵所發明，蓋不然矣。《藝概》一書，雖不無誤處，其精博之處，究非通儒不能為。高伯足〈懷人絕句〉有云：「爇糠含菽老為儒，經舍連雲雀啅廚。咫尺名園渾萬里，海濱偏著董江都。」謂融齋也。

林則徐胸次灑落

侯官林文忠公則徐，以禁鴉片入中國，焚燒英人所運鴉片，致被謫遣戍伊犁。有〈感懷詩〉二首，其胸次灑落，性量和平，於詩中可見之，誠不可及也。詩云：「霜雪頭顱百感生，馳驅王事到邊城。沐猴惡作投梳劇，老驥羞為伏櫪鳴。家國藐躬難重寄，妻孥僂指算歸程。微聞薦剡塵天聽，轉恐衰慵負聖明。」「歷徧升沈萬劫磨，餘生憂慮問誰多？客居夏日真如歲，宦海無風亦有波。趙鼎敢云猶倔強，馮唐底事歎蹉跎？胸懷坦蕩平如砥，不信人間路坎坷。」禁煙之事，發端於宜黃黃樹齋侍郎一疏，文忠在粵，辦之尤力。和議成，文忠被謫。桐城姚石甫以防臺功，亦坐罪被逮。建寧張亨甫（際亮），力疾入都營救，石甫卒降同知，發往四川。亨甫竟歿於都。時樹齋侍郎亦坐疏奏負咎，左遷員外郎。洎穆彰阿、琦善敗戮，文忠、石甫始起用，樹齋則竟流宕江關以死。

樹齋有《仙屏書屋詩集》，張亨甫稱其詩氣韻高雅，神采淵秀，婉約而不盡，優遊而不迫，駸駸乎力追漢唐作者。今特錄取近體數首，以窺一斑。〈德州贈舒自庵刺史〉石：「別思秋風緊，歸程落日催。田收四村出，河折萬艘回。膏澤關民瘼，艱難見吏才。何當重把袂，濯錦對園開。」〈過仙霞關〉云：「七百崎嶇路，何人一劍通？老兵知地勢，儒力惜民風。龍臥深潭靜，烏啼曉戍空。三山應在眼，春水照花驄。」〈喜郭羽可至京〉云：「太息風塵老郭隗，夕陽疲馬又燕臺。詩聲疑挾黃河至，畫意添將紅藥開。四海交遊幾兄弟，千秋事業一雲雷。天心莽莽終難問，賴爾雄談佐酒杯。」樹齋與歙徐廉峰編修寶善、益陽湯海秋戶部鵬、及張亨甫，用文詞詩歌相推重。於亨甫交尤篤，謂其詩文，嘉道以來作者未能或之先也。姚石甫亦謂前明以來，閩粵詩人，無過鄭繼之、屈翁山者，近惟亨甫最為傑出。

姚石甫紀事詩

清嘉慶癸酉天理教林清、李文成之變，仁宗在熱河，歸途謁東陵，次白澗行宮，猝聞禁城有警，擬之京東，調大兵成列而後進。董蔗林相國詣隨扈，力言京師根本地，林李不足患，請速回以定人心。帝悟，即日回京，次燕郊。適英煦齋以所統兵焚橫村及宋家莊、董家莊巢穴，並擒其渠首，迎駕還宮，三日而定。姚石甫詩：「彭紀書多理未醇，先皇命相本知人。他年一語回車駕，始信江都社稷臣。」自注：「嘉慶初，大學士缺，時望在彭紀。上曰：彭元瑞、紀昀讀書雖多，而不明理。特命文恭。文恭，董蔗林謚也。林清首稱兵於畿南，遣陳文魁、陳爽，潛結太監閻進喜等，闌入禁門。林清先以習教被繫，既釋歸。數年間往來糾結於曹、街、齊、魯，其眾至數千人。閹寺職官，竟有預其謀者，而未舉事之先，曾無一人抉發。藏利刃，懷白幟，度越門關，飲於都市，無詗而知者。禁兵千計，闔門而擊之，俄頃可盡。乃兩日一夜始平，則當時朝政之漸陵於隳替可知矣。」

石甫感懷詩云：「往昔騷南楚，深宮歲幾勞。萬方才喙息，三輔又旌旄。竟落昭陽瓦，空撄衛士刀。安危仗元老，吾輩首重搔。」又〈雜詠〉云：「翠罕霓旌塞上回，雲屯虎士遍中臺。如何紫闥澄心殿，忽見青磷戰骨灰。衛國神靈憑廟社，從官詞賦惜鄒枚。天書已下真垂淚，白首何人濟世材？」「都城迢遞密雲東，輦路蒼茫積氣通。一道灤河盤上谷，八屯騎士接離宮。黃旗走馬猶天外，赤手探丸竟日中。三輔從來多盜賊，令人長憶尹扶風。」「聞道南徐戰壘寒，長河濁浪急風湍。妖星北去方鳴矢，社火東來又揭竿。燕市少年屠狗業，楚人故技沐猴冠。賈生痛哭長沙遠，獨坐寒林策治安。」「黃沙白草野茫茫，落日行人恐大梁。烽火一時連薊北，軍書千里震維揚。總戎殊錫恩尤重，小丑專城勢劇狂。禁旅如雲須急戰，不應持守費儲糧。」

葉名琛被執而死

葉崑臣爵相名琛，漢陽人。道光十五年乙未進士，由庶常授編修，累官至體仁閣大學士，加一等男爵，太子少保。咸豐初，以使相督兩廣。時有逃匪為英吉利兵船所匿藏，粵水師不明國際法，追緝誤登英艇。英人遽進攻廣州，捕總督去，羈於鎮海摟中，年餘而歿。相傳崑臣有感懷詩二章。詩云：「鎮海樓高月色寒，將星翻作客星單。縱云一范軍中有，怎奈諸君壁上觀？向戌何心求免死，蘇秦無恙勸加餐。任他日把丹青繪，恨態愁容下筆難。」「零丁洋泊歎無家，燕札猶存節度衙。海外難尋高士粟，天邊遠泛使臣槎。心驚躍虎笳聲急，目斷慈烏日影斜。惟有春光依舊好，隔牆紅遍木棉花。」是時清廷懾於外患，內外臣工，又皆不諳交涉。大臣被執而死，可云恥辱，乃轉加罪爵相，革職以謝英人，事較鴉片案林文忠被罪遣戍，為尤傷國體也。崑臣弟潤臣閣讀名澧，能詩，有《敦夙好齋集》。方其在都門，聞翁覃溪曾孫女溷跡市中，貧無以度日，引為己女，擇名門子嫁之，士林稱其仗義。王子壽悼潤臣詩，有「引被哀家禍，含悽出九門。」之句，蓋謂其兄崑臣死事也。

陳志和戒煙詩

甘泉陳藕卿明經志和，有戒煙詩六首云：「繼晷焚膏趁少年，青燈相守又青氈。繩床入定幾成佛，金鼎燒丹便是仙。不覺風塵添鵠面，頓教火色上鳶肩。侍臣那許相如渴，雲夢平吞氣萬千。」「何曾苦盡便甘來，受盡熬煎惜不才。晚近人情工附熱，中年壯志易成灰。龍潛西蜀雲常臥，豹隱南山霧不開。長物都教付焦土，反誇噓蜃出樓臺。」「驚心曲突徙薪遲，海禁關譏每透私。民用竟教同飲食，國肥偏聽剝膏脂。軍門電檄階星火，給事封章道漏卮。究是愚頑甘梗化，煌煌象魏布多時。」「忙中歲月易銷磨，到此真教喚奈何。處士希夷惟有睡，先生安樂不離窠。起來日暮窮途遠，談到更深眾怨多。惟願祖鞭今早著，人生能得幾蹉跎。」「斷盡柔腸更斷魂，此中甘苦不堪論。寒心骨肉呼家賊，藉口親朋負舊恩。藍褸夜裳人盡厭，支離面目己無言。城邊橋下三神廟，滿地橫斜總血痕。」「無論終年不離床，果然呼吸判存亡。紅丸喜試房中術，紫背難求海上方。上國有人爭糞土，中原何日掃欃槍？分明鴆毒偏相近，此癖真疑有別傷。」詩非高品，然以箴膏肓，起廢疾，固屬有心人。

鴉片之毒，至今猶存，其貽我以毒者為誰，國人應不忘之。殷頑不悛，則亦已矣。乃今日年少士人，猶有甘此癖疾者，何其自暴自棄也。頃又見沈芷鄰茂才五言一首，較陳詩為佳，因並錄之。其詩頗似試帖體，試帖例六韻或八韻，此獨九韻，蓋故作滑稽也。詩云：「卅六芙蓉外，偏教異種傳。犬夷工布毒，鴉片別名煙。爐火煎來急，丸泥削去圓。載歸螺盒小，挑出雉膏鮮。狂藥人爭飲，迷香洞共眠。膠投成水乳，筒吸聳山肩。槍法雙枝亂，燈光一豆然。食同潮有信，消此日如年。流弊伊何底，誰延續命田？」

張維屏賦詩辭世

番禺張南山（維屏）師，以詩見知於翁覃溪。丁卯戊辰寓京師，每過蘇齋，輒為論古人詩源流異同，亹亹不倦，覃溪訝為詩壇大敵。道光二年成進士，官湖北黃梅縣知縣，改官江西，署南康府知府。暇日至白鹿洞，與諸生講學，建李蘇二公祠於盧山，祀太白、東坡。未幾罷官歸粵，與友數人於白雲、蒲澗之麓，築雲泉山館居焉。年八十，至咸豐九年三月，賦詩辭世，而題曰九月，果以九月十八日卒。疾時誦淵明詩曰：「縱浪大化中，不喜亦不懼。」蓋生當乾隆之際，宇宙清平，至是海孽鴟張，粵垣再陷，盛衰之際，其寄慨深矣。

覃溪〈雲泉詩〉云：「廣州城北雲泉館，張子索我《雲泉詩》。白雲濂泉我未到，八年吟望恒於斯。遠追坡公訪信老，自尋雲外泉出詩。近憶漁洋贈范衲，聽泉來叩安期祠。百年前記蘇詩石，石題亦勒崔公詞。我題粵東金石遍，竟未訪得蘇崔碑。臨別白雲若回盼，又四十載詩夢馳。詩翁逸客今選勝，買地一攬雲泉奇。倚山臨澗結亭閣，眾綠飛起珠江漪。環碧之樓拜往哲，得非菊坡書室基。蘇崔精靈尚來往，且莫遠問秦安期。菖蒲笏竹雜澗翠，木棉花風交荔枝。他年蒲澗補山志，月坡雲徑連軒池。重立蘇崔題刻石，漁洋詩或鐫並垂。八年未到俗客耳，我詩焉用疥壁為。澗香正發紫含笑，愧答優缽曇花師。」覃溪上於作考訂金石詩，此詩亦猶是其金石詩作法也。南山性愛松，晚自號松心子，又自號珠海老漁，有《聽松廬詩文鈔》。

程春海詩險而不夷

清代詩自歙縣程春海侍郎拔識多士，風氣為之一變。遵義鄭子尹（珍）出侍郎門下，其《巢經巢詩》遂為晚清之冠。番禺陳蘭甫（澧），亦為侍郎所得士。二君皆湛沈經術，不徒以詞章名也。

譚玉生教授瑩，嘗謂：「壬辰科程侍郎典試粵中，侍郎淹博而兼游藝多能者也。榜後，諸名士集白雲山雲泉山館。酒酣，侍郎慨然曰：『粵東今日可謂盛極矣。然盛極而衰，天之道也。此後二十餘年，亂從粵東起。再遇十年，亂將遍天下，不堪設想矣。』時曾拔貢釗，亦溺於漢人《洪範》五行之學者，與侍郎往復。侍郎笑曰：『子無為杞人憂，吾與子不及見矣。』隨諦視座中人曰：『及見止譚子耳。』後五年，侍郎卒。甲寅洪楊起，曾拔貢亦卒。丁巳以後，內外交訌，幾如陽九百六之期。而當日同席諸公早皆物故，惟瑩獨存。」玉生所記必不妄。侍郎殆通天人之學耶？侍郎遺集為祁文端（寯藻）所刊。

〈舟過泰和，張南山同年邀登快閣，歸飲衙齋，別後奉寄〉云：「十年睽張侯，一笑登快閣。渾忘別甚速，且述相見樂。出處憂患際，耿不廢著作。必逢齗堊質，急告不待索。長筵爛漫興，良夜深淺酌。莊語間諧語，思之恍如昨。續歡在今日，今日日又落。下有東逝水，上有西飛鶴。」「海南五色羽，縛為君子筆。如何署紙尾？衹合畫雲日。不讀城旦書，焉知堯舜術。君相識其循，楚澇撫亡逸。（自注：君任黃梅時，辦水災極善）。小試步文節，江月照萬室。快閣六百載，魚鳥又聲玑。卻願名山藏，著書比於櫛。高賢羅滿堂，夢寐拜甲乙。（自注云：君輯《國朝詩人徵略》，先成六十卷）。」「長年狎驚濤，厥舵不在手。卻使制奔馬，馬亦馴不走。才高百適用，慎勿掣其肘。用小不若大，用新不若久。赫赫未一舉，齗齗已眾口。毋被宵小測，必照罔兩魄。干譽定無譽，含垢實濯垢。古大有為者，敝屣視印紐。」「初筵極快意，談論出肺肝。燭至促客行，沙水舟漫漫。一夕償十年，求友亦大難。捐性匙心計，勢交多面歡。況乃道藝契，植根天地寬。神劍飛合時，重取焦琴彈。」

〈丙申三月下澣邀陳雪驢、俞理初、黃香鐵、溫雲心、孫柳君集棗花寺看牡丹，分韻得寺字〉云：「抱罕其頎洛鄭粹，江關百變尤殊異。堨來一抹姮娥面，偶見海雲紅照地。七寶不欄錦不幙，風焦日剝粉題瘁。可憐文讌蕭寥甚，花亦色羞不能媚。金車塵壒瓦鼓鬧，息嫣無言玉奴睡。不有夢中傳彩筆，誰暖花魂拭花淚？雅材博學抗奇古，麗句清辭各名世。淵淵浩浩杳難測，相對渾如不識字。偶然談劇露鱗爪，一吷吹來萬夫避。漫將何肉惱法喜，卻具伊蒲溷香積。有芳奚待正封詠，無酒不令陶公醉。逖哉貞觀逮今日，幾飾丹霞幾傾墜。何況花光草露跡，一刹那頃琉璃器。試看諸老牛腰卷，更說仙人親手植。（謂《紅杏青松詩卷》，及丁香詩牌）。南能文字果持久，東海揚塵非所議。詞源心印屬五客，走亦籠東驅下駟。綠陰啼鳥日轉午，紅香叢蝶春已季。祇恐孟婆起蘋末，復盼春龍渥芳意。緒風且訪芍藥榮，後期斯烹善筍概。豐臺極樂俱在遠，有興仍尋棗花寺。」〈贈徐星伯前輩〉詩云：「指掌河源米聚山，蒲菖蔥嶺屹中間。千秋著作天公畀，故遣甘英渡玉關。」「兩賦已傾耶律博，一編還證小顏疏。誰憐雪海冰天外，獨據銀鞍纂異書。」「小策青驪顧盼奇，刀光如雪擁新詩。材官伏地先生笑，勒馬天山自打碑。」「數載流沙賦〈采薇〉，刀環夢繞馬頭飛。袖中拈出崑崙影，抵得封侯萬里歸。」諸詩確已變易乾嘉風氣。侍郎自謂吾詩險而不夷，能飛揚而不能黯淡。亦恰稱其詩之分量也。

題〈銅官感舊圖〉

章价人〈銅官感舊圖〉，題者多矣。光緒末，其子縵仙主事華攜至京師，復續徵題詠。鄭蘇堪詩云：「曾公靖港敗，章侯救以免。功名震一世，雲泥隔歲晚。歸舟近長沙，父老話兵燹。山邱易零落，銅官長在眼。作圖名感舊，自記極微婉。文襄耄年序，奮筆亦殊健。未如王翁歌，放浪情無隱。曾章今往矣，意氣固同盡。時髦論紛騰，何事挾餘慍？道高跡可卑，子賢身不泯。報恩賤者事，豈以律貴顯？彼哉李子言，徒示丈夫賤。」

按左文襄序云：「咸豐四年三月，金陵賊分黨復犯長沙。先踞長沙城北七十里之靖江，憑水結寨。步賊循岸而南，潛襲上游湘潭縣城。縣城繁富，廛市鱗比，賈舶環集，賊速至據之。文正聞賊趨湘潭，令署長沙協副將忠武塔齊布公等率陸軍，楊千總岳斌、彭秀才玉麟等率水軍往援。偵賊悉銳攻湘潭，靖江守寨之賊非多，遂親率存營水陸各營擊之。戰事失利，公麾從者他往，投湘自溺。隨行標兵三人急持公，叱其去，不釋手。章君瞰公在舟，時書遺屬寄其家，已知公決以身殉也。匿舟後，躍出援公起。公曾戒章君勿隨行，至是詰其何自來，答以適聞湘潭大捷，故輕舸走報耳。公徐詰捷狀，君權詞以告。公意稍釋，回舟南湖港。其夜得軍報，水陸均大捷，殲悍賊甚多，毀餘之敗船斷槳，蔽流而下。湘人始信賊不足畏而氣一振。其晨余縋城出，省公舟中，則氣息僅屬，所著單襦，沾染泥沙，痕跡猶在。責公事尚可為，速死非義。公瞠目不語，但索紙書所存礮械、火藥、丸彈、軍械之數，屬予代為點檢而已。時太公在家，寓書長沙飭公，有云：『兒此出以殺賊報國為志，非直為桑梓也。兵事時有利鈍，出湖南境而戰死，是皆死所；若死於湖南，吾不爾哭也。』聞者肅然起敬，而亦見公平素自處之誠。後此沿江而下，破賊所據堅城巨壘，克復金陵。大捷不喜，偶挫不憂，皆此志也。夫神明內也，形軀外也。公不死於銅官，幸也；即死於銅官，而謂蕩平東南，誅攘巢馘，遂無望於繼起者乎？殆不然矣。事有成敗，命有修短，氣運所由廢興也，豈由人力哉！惟能尊神明而外形軀，則能一生死而齊得喪。求夫理之至是，行其心之所安，如是焉已矣。且即事理言之，人無不以生為樂死為哀者，然當夫百慼交集，怫鬱憂煩之餘，亦有以生憂為苦，速死為樂者。觀公於克復金陵後，每遇人事乖忤，鬱抑無聊，不禁慼慨系之，輒謂生不如死。聞者頗怪其不情。余比由陸、甘、新疆移節兩江，亦覺案牘之勞形，酬接之紛擾，人心之不同，時局之變易，輒有願得一當以畢餘生之說。匪惟喻諸同志，且預以白諸朝廷，蓋凜乎晚節末路之難，謠諑之足損吾素節。實則神明重於形軀，誠不以外而移其內，理固如是也。而論者不察，輒以公於章君及三兵，皆不錄其功，疑公之矯。不知公之一生死、齊得喪，蓋有明乎其先者，而事功非所計也。論者乃以章君手援之功為最大，不言祿而祿弗及，亦奚當焉？余與公交有年，晚以議論時事，兩不相合。及蒞兩江，距公之亡十有餘年。於公所為，多所更定。天下之相諒與否，非所敢知，而求夫理之是，即夫心之安，則可告之己，亦可告之公也。」

王闓運〈銅官行寄章壽齡題感舊圖〉云：「桂平盜起東南捲，唯有長沙能累卵。三年坐井仰視天，城堞微風動矛穳。凶徒無賴往復來，潘張遷去駱受災。（道光三十年駱秉章撫湘。咸豐二年五月內召，張亮基接任。十二月張升督兩湖，潘鐸署。三年三月潘免，駱再撫湘。）閉門待死謚忠節，未死從容居憲臺。曾家嶺枷偏在頸，（湘鄉人俗語云：枷在嶺上，偏要背在頸上。言自困也。）三家村儒怒生癭。勸捐截餉百計生，欲倚江吳效馳騁。（吳文節公文鎔督兩湖，寇陷黃州，吳公陣歿，在咸豐四年正月。江忠烈公忠源以安徽巡撫守廬州，城陷死之，在咸豐二年十二月。是月曾文正公國藩方治兵衡州。）廬黃軍敗如覆鐺，盜舟一夜滿洞庭。撫標大將縋樓走，徐公繞室趾不停。（徐有壬）省兵無人無守禦，卻付曾家一瓦注。空船坐守木關防，直置當鋒尋死處。軍謀兵機不暇講，盜屯湘潭下靖港。兩頭張手探釜魚，十日淘河得枯蚌。劉郭蒼黃各顧家，左生狂笑罵豬耶。（劉霞軒蓉、郭嵩燾崐燾兄弟。左生乃文襄也。是時尚係舉人，居駱撫幕。）彭陳李生豈願死，（彭玉麟、李續宜、續賓兄弟，及陳士杰。）四圍密密張羅罝。此時鮎笴求上計，陳謀李斷相符契。彭公建策攻下游，（此彭公乃彭嘉玉）。擣堅擒王在肯綮。弱冠齊年我與君，君如李廣欲無言。日中定計夜中變，我歸君出難相聞。平明丁叟踏門入，報敗方知一軍泣。（陳士杰、李續宜議救湘潭，彭嘉玉欲攻靖港，王闓運以救湘潭，敗可退衡桂，故贊成陳李之議。議已定，其夜三鼓，靖港士民來乞師，曾公乃分四營自帥往。交綏即退，植帥旗，令敢退過旗者斬。軍士皆從旗旁過，遂潰。）督師只擬從湘累，主簿匆匆救杜蘘。十營併發事全虛，從此捨舟山上居。七門晝閉春欲盡，獨教陳李刪遺疏。板橋漂破帥旗折，銅官渚畔烽明滅。豈料湘潭大捷來，千里盜屯湯沃雪。（〔校〕此二句原闕，據原詩補。）一勝中威百勝從，塔龍如虎彭楊龍。（塔齊布援湘潭，彭玉麟、楊載福水師五營繼之。見左文襄年譜。而文襄〈圖序〉謂楊岳斌，龍未詳何人。）時人攀附三十載，爭道當年贊畫功。駱相成功徐陶死，（靖港之敗，湖南藩司徐有壬、臬司陶恩培，詳請奪其軍治罪。而詔有溫慰詞，且云：汝此時心搖搖如懸旌，平日自命者安在？文令奏調司道大員隨軍支應。徐陶來見曾，皆自頓首稱死罪。）曾弟重歌脊令起。惟餘湘岸柳千條，猶恨前時嗚咽水。信陵客散十年多，舊邏頻迎節鎮過。時平始覺軍功賤，官冗閒從資格磨。憑君莫話艱難事，佹得佹失皆天意。漁浦蕭蕭廢壘秋，遊人且覓從軍記。」案此圖題詠自以左序王詩為能詳言當時之事實，故鄭詩特表而出之。曾文正功業之成，出於天幸。當日論其才識者，謂出江忠源下，使江在，無曾也。

獨秀峰題壁詩

道光末年，洪楊初起，撫廣西者為烏程鄭夢白（祖琛）。是時宣宗知天下財匱，一意節省，聞興發輒不怡。穆彰阿值軍機處，專且久，各省督撫多先向穆探帝意，然後具摺。自廣西楊秀清、洪秀全相繼起，甚熾。鄭告穆，穆令秘不以聞。文宗登極，盜不可諱，鄭始奏請自詣平樂，益調固原提督向榮率兵討捕。言官劾鄭奪職，以周天爵署理，更遣林則徐為欽差大臣。林道病死，代以李星沅。是時調兵不過數百，總集三千人止矣。周奏言寇未可輕，請募二萬人。李星沅乃奏請特派大臣視師。朝議知李周不睦，乃以軍機大臣大學士賽尚阿代李，鄒鳴鶴代周。寇據丞安，圍師五萬，將領百數，大將中向榮、烏蘭泰能戰。烏輕銳，向持重，又兩不相能。烏追寇遇伏，喪四總兵。寇遂圍省城。其時獨秀峰有題壁詩十數首，敘寇起及官軍守桂林事。詩無作者名，格亦甚卑，不足錄；然以考事實，亦不可棄也。

詩云：「孤峰卓立聳南天，憑眺關河意惘然。四境風遒傳鼓角，萬山雲暝接烽煙。邊氛未息勞宸慮，將帥無謀致凱旋。多少不平懷往事，登高執筆恨難捐。」「李花撲後又楊花，紅浪翻排水一涯。（廣西李世德、楊秀清、洪秀全相繼而起。）青白旂分千隊列，紫金山險萬重遮。干戈潦草常滋蔓，歲月因循屢及瓜。（寇起已三年。）試向潯陽江上望，虎狼滿地我無家。」「羽書飛蹴戰塵紅，瘴海鯨鯢係帝衷。金幣遠勞傾國帑，紫泥新詔起元戎。觀梅和靖先歸道，銘斗桓侯未奏功。（林則徐、張必祿兩帥相繼卒。）太息將星沈兩地，賊氛疊起正無窮。」「聞道周郎善用兵，將軍小李亦知名。（周天爵、李星沅兩帥，先後來粵西。）千行坐擁心先壯，一戰歸來膽亦驚。好勇無謀花亂陣，潛帥不出柳藏營。膚功未奏飄然去，縱賊殃民負聖明。」「三年零雨未班師，戎馬彌縫畏主知。餘粟更從天府運，使星重見相公馳。絕無豹略誅蠻寇，空有鴉軍振鼓旂。如此大權歸獨握，寶刀何日靖邊陲？（上賜鄂必隆刀。）」「劍影刀光列從官，重重幃幕獨盤桓。圍棋自許爭先著，飛檄俄傳失永安。固壘深溝身自衛，破斨折斧罪難寬。孤城在望無人近，半載甘從壁上觀。」「春風春雨又花朝，戰伐經年壯志消。幕府何曾籌上策，單于忽報遁中宵。封章連日稱收復，城郭無人感寂寥。最惜群師陷四鎮，模糊身死報當朝，」「伴食名真宰相同，持籌莫展笑群工。達人知命身先退，（指達都統。）巴客登場曲便終。（指巴都統）。望重姚崇都寂寂，才如嚴武亦空空。（指姚廉訪、嚴觀察。）天邊更有飛來鶴，孤負君恩獎許隆。（指鄒鳴鶴中丞）」「頻年旌節仗南關，團練條規到處頒。浪擲金錢招壯士，空憑黔赤禦諸蠻。高談鎮靜全無備，臨事張惶莫濟艱。看爾腸肥兼腦滿，一腔塵俗未容刪。」「榕城雉堞認迴環，二百年來莫叩關。誰使雄師班馬嶺，任教群盜抗牛山？（中丞撤去馬嶺防兵，賊遂至西門，佔據牛山。）六塘羸卒星霜遞，四野編氓涕淚潸。獨出東門看癸水，讖詩應把古碑刪。（古碑云：癸水繞東城，永不起刀兵。今已不驗。）」「角聲吹起萬山寒，賊似潮來作巨觀。象鼻鳴雷爭擲炮，龍頭排日遍招團。（龍翰臣殿撰募勇守城。）誓師不少登陴哭，臨渴方知掘井難。幸有將軍天上下，葵心向日報平安。（向軍門榮來省援救。）」「單槍匹馬走連宵，耿耿精忠答聖朝。老范甲兵空腹滿，武侯帷幄總神焦。孤軍迅奮張旂鼓，萬堞森嚴靜斗刁。更有偏師能直搗，橋頭痛絕霍嫖姚。（烏都統陣亡。）」「度支隨處置糧臺，用似泥沙亦可哀。解餉幾曾將實款，入囊惟是括民財。憑空樓閣山心造，依樣葫蘆任手栽。可惜帑金千萬出，簿書虛冒一篇開。」「深宵鈴靜自焚香，（中丞每夜焚香。）困坐愁城沒主張。擒賊但知懸賞格，砌詞翻敢附封章。群兵自衛誇貔虎，幽谷頻遷畏犬羊。（中丞不敢居署，暫寓城中會館。）笑倒無才空食肉，安排遺表奏當陽。」「百金邀賞遍傳呼，內賊紛紛各被拘。（擒獲奸細甚多。）自有荊榛應翦棄，遍多薏苡訴冤誣。城頭刁斗宵傳柝，牧外篝燈夜晃珠。萬戶千門勤守望，邊隅何日靖萑符？」「碧蓮峰裏隱旌旂，賊去賊來都失機。擁有精兵偏遠避，遂教群寇竟成圍。（賽相國擁兵不救。）登樓王粲空悲賦，化鶴了仙早逝飛。（指王少鶴、丁心齋兩主政。）待到一城烽火息，兒童共指相公歸。（寇解圍去，城中竟未有知之者。寇去十日，相國始由陽朔遄返省城。）」

王闓運〈獨行謠〉三十章，其二章、三章，述洪楊初起事尤備。詩云：「余方樂嬉遊，明歲果告災。荊澧連大浸，桂象亦無禾。（道光二十九年，湖廣水旱民饑。）南郡介其中，（湖南巡撫所領，為漢江南四郡。）院司庸且疲。陸貪駱則廉，其智各自謀。（巡撫陸費瑔、駱秉章。）牧令久俗鈍，參錯七十都。（湖南六十三縣，四直隸州廳。）楚危若振蘀，越亡如爛魚。洪楊有名號，（洪楊假法琅西祆教惑眾，始於洪，成亂於楊也。初起即僭天王之號。）倡和連潯梧。琛也起州縣，（鄭祖琛十九歲成進士，補星子縣。啼哭不肯坐堂上，其家人患獄訟多滯，紿至堂，令人推之出，闔門。吏役呼升堂，乃以明察著稱。道光末，官廣西巡撫。）奏草先中樞。彰云上厭事，調發煩軍輸。」三章云：「文宗既龍飛，其變乃具疏。選將由固原，薦材未云誣。誰輕鼷鼠機，林死降李周。周剛意輕李，雁行始不和。奏用軍二萬，大臣舌撟呿。（寇起，言兵無過周策。其後歸死，文宗特賜謚文忠，思之也。）惜哉謀不用，足為後世模。嚮使并全力，武宣掃無餘。置此曲突計，焦頭賞曾胡。」觀王詩，知洪楊初起，勢甚微。用周天爵言，募兵二萬，即可肅清，固為事實。

郭嵩燾、曾紀澤能詩

中國初與外洋交通，士大夫不明歐美風俗情勢，應付不得其當。故自道光以來，通商條約，恆喪失國權。同光間風氣鄙僿，猶如故也。知外人之欺詐壓迫，而不知所以解除之術。人民憤激，各省教案蠭起。然中興諸老，固有洞諳時務者。左文襄公宗棠在閩省舉辦船政，在甘肅設置織呢廠；曾文正公國藩在直隸主教案賠款速結。文正子惠敏公紀澤，通歐文，出使法蘭西國；郭筠仙侍郎嵩燾出使英吉利國，奏牘日記具在。其建言於朝廷，若使採用，皆可徐圖補救。惜其時在朝諸公，類多固蔽之流，而民氣亦只知以仇洋為事。輿論挾持，雖有能者，莫之相救也。

光緒丙子，筠仙侍郎將使英吉利，值湘省秋試，舉子訛言洋人將至，聚眾噪於闈，請兵迎擊。又榜通衢，欲毀侍郎家，賴當事防遏得免。黃海華太守寄侍郎詩云：「我皇初政起勳舊，洞諳機務洵無兩。憤論不恤遭詆排，迂抱誰其諒誠讜。包羞忍詬力本計，興復升平可覆掌。小夫撫劍雖曰豪，斬鯨遼海孰堪仗。思齊聖母鑒公忠，詔持龍節乘潮往。昨者潭州遍題帖，舉子無端鬨秋榜。捉風病狂吠雪怪，多口紛爭難與強。自來功名借文字，吾曹當作千秋想。飛輪火船早歸來，援古證今誘徒黨。」蓋述其事也。侍郎〈會合詩和曾少司馬〉有云：「空山眠睡足，吾亦拂衣起。旁人相告言，貿貿然來矣。慷慨談世務，幾不攘詢痏。臥龍世交謫，眇眇況小子。」〈再和會合詩答劉孟容〉有云：「魯連與田巴，不在矜爪觜。屯師若歸市，遠近長城倚。高穹有迴斡，目睹瘡痍起。成功在本務，此義蓋徵矣。一挫豈逆料，指摘成疣痏。我思伏青蒲，芒鞋見天子。敷陳本原論，為民介繁祉。世俗賭一隅，庬言相哆侈。內攘而外癉，端自求賢始。區區較得失，見小聖所鄙。」其憤鬱不平，與夫生平建白，溢於行間矣。

惠敏亦能詩，其〈海外雜感〉云：「廿年稽古注蟲魚，搜括嬴秦劫火餘。為考諧聲類隔術，兼通畫革旁行書。九千文字成嚆矢，十萬程途騁傳車。安得上林親射雁，羝羊未乳返吾廬。」「驥服鹽車上太行，眼中駑蹇任超驤。九方皋去心先冷，八尺身存項總強。豈有薔薇頒阜櫪，誤尋苜蓿走沙場，何年外坂爭途罷，一騁蘭筋陟六方。」「朝驂黃鶴上瀛洲，無數仙靈相酢酬，九轉成丹無火氣，三緘在口是清修。朝從葉縣飛雙舄，睡倒蓮峯合兩眸。笑我未諳兜率例，綠章猶抱杞人憂。」「作隊長鯨集海東，怪雲腥霧掩晴空。〈六韜〉金版都陳策，五粲梁輈備討戎。但願奇功歸謝傅，自甘無識似桓沖，澶淵一擲誠孤注，莫怪南箕熒帝聰。」惠敏早日潛習歐文，筠仙侍郎為言於文正，俾竟其業，而頗為其鄉人所詬病。此詩第一首言已習歐文，志在覘國；第二首言同時使節非才；第三首言朝臣昏聵；第四首言會辦海軍也。「謝傅」指李文忠公鴻章。

楊豫庭以新名詞入詩

清代與外國訂約通商，惟俄羅斯最早，其始尚若前代之互市而已。伊犁與俄鄰，畫界相安，未有內犯之事。同治初，俄人忽移界碑，侵佔我地。回人叛者，奔入俄境，亦為其庇護。迨息釁言和，則挾索賠款甚巨。且立約十八條，逼全權大臣崇地山畫諾，朝議既譴崇，以曾惠敏代。爭議甚久，卒償其兵費，而後退出伊犁。楊豫庭觀察〈感時詩〉云：「一畫鴻溝記策勳，黃龍盟誓等虛文。亂人恃作逋逃藪，異類難同鳥獸君，羅卜率償多挾制，耶蘇傳教更紛紜。全權又襲夷酋號，十八胡笳不忍聞，」蓋述其事也，自是俄人屢屢侵界，日俄一戰役，始稍戢之。今則伊黎及外蒙久不聞屬我矣，可歎也，楊詩將「羅卜」、「耶蘇」、「傳教」、「全權」等字直寫入詩，不覺其礙眼，殊不讓黃公度也。

文廷式弔珍妃之死

「金屋當年未築成，影娥池畔月華生。玉清迫著緣何事，親欖羅衣問小名：」文芸閣學士廷式〈擬古宮詞〉之一也。德宗后係出那拉氏，為都統桂祥女，於孝欽為姑侄。中宮之定，實秉慈旨。先是，兩宮嘗於三海作水嬉，后以外戚女得賜船陪從。帝船在後，追及后船，后跪迎。帝親攜其手，問其小名。此文詩所賦之事也。及大婚前擇后，帝意又屬於珍妃。而卒以太后旨，不敢違，遂定后為中宮。樊雲門方伯增祥〈紀事〉云：「又見珠簾撤紫宸，履端歸政降鸞綸。金甌不改河山舊，玉殿重瞻日月新。五柞巡遊攜嗣主，九蓮供奉遍都人。分明記得延英語，社飯香時念老身。」

「少長椒庭侍宴遊，聖年十八備長秋。官家早已虛金屋，大母欣然賜石榴。班政翟衣臨繭館，問安珠佩過龍樓。女堯坐對皋夔笑，佳婦佳兒共白頭。」孝欽撤簾歸政，迫於清議，實非得已。而尤以帝眷珍瑾二妃，為太后所嫉，自是遂有廢立之意矣。戊戌、庚子之禍，皆伏於此也。

珍瑾二妃，為志伯愚侍郎之妹。幼時曾受學於文芸閣學士。翰詹大考，學士名列第一，說者謂為二妃在帝前揄揚，名次無由內定，珍妃被謫譴，伯愚侍郎出為邊帥，芸閣學士亦以交通內監，革職驅逐出京。葉伯高提學爾愷〈輪臺〉詩云：「詔書火速下輪臺，惆悵君門首屢回。許史金張原甲第，嚴徐東馬亦清才。椒塗轉為承恩誤，松漠翻同謫戍哀。欲出國門還惜別，宮中密勒幾回催。」紀伯愚遠謫也。又〈鈿合〉詩云：「鈿合纏綿憶定情，蛾眉謠諑不分明。長門欲乞文園賦，織室橫蒙禍水名。結綺才人袁大捨，披香博士淖方成。瀟湘二女同釐降，不及從姑姪娣行。」述珍妃被貶也。〈大考〉詩云：「殿前珠玉落揮毫，閬苑清班數鳳毛。授簡終童〈麟木對〉，侑觴貴主〈鬱輪袍〉。似聞司馬由楊意，又見樊姬薦督敖。沈宋新詩樓下進，宮闈玉尺正親操。」述芸閣得妃薦也。相傳妃貶後，曾復位號，帝喜甚，詣謝，母子歡然。太后曰：『帝近來甚盡孝，果如是，余復何言，其從前疏闊，必有人間之，盍言其人。』意謂師傅翁同龢。帝無以答。而太后終以為翁同龢所離間。戊戌春，翁同龢遂有開缺回籍，交地方官管束之諭。庚子之亂，兩宮西幸，先賜妃墮井死。芸閣學士〈擬古宮詞〉有云：「藏珠通內憶當年，風露青冥忽上仙。重詠景陽宮井句，菱乾月蝕弔嬋娟。」蓋謂妃之死也。

文廷式詩穆宗后死事

芸閣學士〈擬古宮詞〉云：「富貴同誰共久長？劇憐無術媚姑嫜。房星乍掩飛霜殿，已報中宮撤膳房。」此言穆宗后死事也。后為阿魯特氏崇綺女，同治十一年九月穆宗大婚，迎為后。十二年十二月穆宗崩，光緒元年二月后崩。距穆宗上賓未踰百日。相傳穆宗未大婚前已得隱疾，后入宮未久，又頗為孝欽所不喜。故御史潘敦儼請更定后謚號摺，內有「道路傳聞，或稱悲傷致疾，或云絕粒霣生」之語。

〈春雲曉靄圖〉有贗品

臨川李梅庵（瑞清），辛亥後隱居滬上。硯食所入，雖非其豐，而鑑賞素精，遇古賢名蹟，間亦傾篋購藏。一日有持高房山〈春雲曉靄圖〉來者，梅庵驚為神品。議以舊藏麓臺畫幅抵價二千，搜索囊金，合為五千得之。湘潭葉煥彬見之，知其贋也，乃檢梁章鉅《浪跡叢談》及一吳人所著筆記示之，證其為吳中著名偽造書畫者所臨摹。蓋當時偽造有二幅，題款皆與原物異，此其一也。予考高澹人（士奇）《清吟堂集》，〈題高房山春雲曉靄圖〉詩云：「疊疊春山擁髻螺，白雲如絮冒巖阿。要知暖意江南早，曉靄蘢蔥上樹多。」題下記云：「款云：歲在庚子九月廿日，為伯圭畫〈春雲曉靄圖〉。房山道人。」梅庵所購，其題款全與澹人所記不同也。予又見故宮所藏，亦有高房山〈春雲曉靄圖〉一幀，亦為贋品。

世傳澹人以精鑑賞被遇，入直內廷，校讎書畫，常為聖祖代筆，歷官至禮部侍郎。其時海內貢獻名蹟，澹人頗以贋易真。其後高宗知之，深怒其欺罔聖祖。聖祖〈題盧鴻草堂十志〉詩云：「十體書成十志圖，鄭虔三絕那稱孤。滄桑顯晦千年閱，丁甲呵持有是乎？」「楊周跋語識〈清河〉，張洽臨摹詎足多？師表人倫自有在，寧因書畫辨如何？」「山為宅便草為堂，肥遯千秋姓氏香。機士俗人屢爭較，先生者箇未能忘。」「聞說終南捷徑通，伊人隱避乃於嵩。江邨題慕盧家事，前後之間同不同？」注云：「按高士奇跋有『尚懷高世之蹤，益動故園之念』語，意在慕盧。然考盧藏用初隱居於終南山，尋應徵辟。及登朝，專事懼貴，趦趄奢靡，時人詆為『終南捷徑』。盧鴻則隱於嵩山，徵拜不受，營草堂山中以終老。二人志行，不可同日而語。若士奇附勢通賄，不能以義命自安，只可同於前之藏用，而不能同後之鴻。且其自署為藏用老人，亦有不期而同者，因借『盧家事』譏之。」觀此題，設澹人在乾隆時猶存，恐其不保首領也。

高澹人詠茶詩

高澹人〈武彝茶〉詩云：「九曲溪山繞翠煙，鬥茶天氣倍暄妍。擎來各樣銀瓶小，香奪玫瑰曉露鮮。」注云：「閩俗作小瓶貯茶，方圓異式，茶香似玫瑰花。」予案閩茶至今猶以小錫缾裝貯。大率市間所出賣者，皆溪茶及外山茶。其小種者不易得也。

侯官鄭昌英（傑）《藥鑪集舊》云：「武夷茶甲天下，其真贗之別，美善之分，香色臭味，判於微眇。非山中老僧與數十年善賈，不能定其為某巖某種也。有客入山，杖履所歷，各峰山僧，各以小種相嘗。山光水態，悅人心目，神氣清爽，頗能定其高下。大抵巖上向陽者，受風日雨露最全，品特佳，而製法精粗亦異。乃同一巖而獨一、二樹，香色又別於眾樹，則不可解也。山僧當初春時，懸木牌識其處，則山童不敢採。如喬松獨樹之類，若風日妍好，僧手自採擷，以微火焙之，俟香氣達外，如蘭如荷，則急製作。巖不數種，種不觔許，小種之所以貴也。購者得兩餘，以為異珍。即山僧贈人，亦以二三兩為率，外人不得嘗。次則花香，即巖上向陽所產，以頭春者味特厚，則當事貴客之所求，即大吏作貢，亦以花香為例。以小種產少，不可繼也。又次則巖頂選芽，即至粗葉為大種，氣味亦厚，然值皆不廉。降此則洲茶，去巖遠而味薄，與水鄰則味變，然猶在九曲之前後也。下此則外山茶，近在數十里，遠在數百里矣。其偽者則延、建、福、堅、泉各郡，皆有土產。甚至江西隔省，亦偽製，過嶺混售，所謂愈降愈下也。其製作之時，則有頭春、二春、三春之候，而頭春勝。又有秋露，白嫩可愛，香亦清冽，氣味薄。江浙都門，盛行此種，則以利於耳目。茶之真贋、美善既難辨，故商賈射利之徒，所收祇洲茶、外江茶，即偽茶亦兼取。以廉價易售，有終身入山，未到一巖頭者。又遼浙最重白毫、紫毫、老公眉、蓮子心各種。夫巖上太陽所烘，萌芽易長，安得有毫？其有毫者，皆洲茶也。更有『宋樹』之名，夫茶樹不能百年，安得宋樹至今？此皆巧立名目，不足憑也。各巖製法之有名者，則白雲巖、天壺峰、金井坑、流香澗諸處。其巖在九曲之左者，如虎嘯、城高、更衣各巖，則山向陰，受雨露風日，偏而不全，茶色味亦因以減矣。他如大王峰、天遊觀、小桃源各處，亦在溪右，皆道人住持，宮觀不能潔淨，且雇人為之，所以美惡參半也。其製作以緊束為工夫，寬泛則香易散。其辨色，烹時微綠者為上，黃次之，紅不堪矣。又茶性淫，不拘食物，並貯即染而真味去，故收藏宜慎。水則清泉為上，天中水次之。《茶經》有一沸、二沸、三沸之烹，過此則老不可用，亦不可不遵也。更嘗小種茶，須用小壺、小盞。以壺小則香聚，盞小可入唇，香流於齒牙而入肺腑矣。余友徐君經曾在巖上，日品小種，據其所述，考其大概如此。案澹人詩云「香似玫瑰」，則鄭氏所謂花香也，尚非小種可知。

《五代史》〈金鳳外傳〉

「長夜長春宴未闌，千枝鳳燭不教殘。持來褐色官窯器，何似瓊瑤碼瑙盤。」「水晶屏與水晶宮，亭榭周迴複道通。彩舫新排〈樂遊曲〉，御杯重映採蓮紅。」此易實甫〈題鄭叔問所藏閩主供御杯拓本〉詩也。叔問有〈題供御古杯青玉案詞〉，為集中所未存者。注云：「杯表裡褐色，光澤可鑒。深周徑七寸。底款刻『供御』二字，體勢方拙。閩客見售，謂出自龍溪。博古家以為閩主王延鈞所造，故僭稱御。而瓷器之有刻記，亦是大奇。吳氏《筠清館金石日記》，有閩主造庵，池樹上題字。余藏一墨本，大書凡三行。在天佑乙丑歲造。又自稱『廉主王大王』。審其時唐昭宣末亡，蓋即王審知據閩時所為。世稱『白馬三郎』者，即其人也。此供御杯疑亦出其內造。惜久為波浪淘激，有款字之完善者絕少。」予案《五代史》稱審知以節儉自處，輕徭薄斂，與民休息，三十年間，一境晏然。是此供御杯當為其子延鈞所造。然考〈金鳳外傳〉，與史不符。審知為金鳳築水晶宮於西湖，服御之奉，已極奢侈。而歐公《五代史》則謂其府舍卑陋，是當日已傳聞異辭。彭文勤注《五代史》，僅節引〈金鳳外傳〉數條，茲錄其全文，以見一班：

陳后金鳳者，閩主王延鈞之后，福清萬安鄉人也。父侯倫，少年美丰姿。唐景福初，事閩觀察使陳巖，以色見嬖，居起輒與共，因得出入臥內。其妾陸氏與之私，有娠。未幾巖死，婿范暉自稱留后，陸依於范，生一女。其夕夢飛鳳入懷，因名金鳳，冒姓陳。及王審知入閩，攻殺范氏，金鳳流落民間，巖族人陳匡勝收養之。梁開平三年，審知封閩王，採良家女充後宮。時金鳳年十七，（一本作十八。）性度窈窕，善歌舞，通音律。審知聞之，召為才人。特蒙寵倖，宮室服御之奉，與魯國黃夫人比。嘗築水晶宮於西湖，傍列亭榭，周迴十餘里，金鳳時扈駕，由子城複道中出遊，然不及蕩。唐同光三年，審知卒，子延翰繼之。延翰妃崔氏醜而淫，性復妒，搜諸宮人之美者，輒幽之別室，械以三木，鑄銅為人手擊其頰，又以大錐刺臂，一歲中死者八十四人。時金鳳已乞身為尼，深自匿，故得免。次年延翰為周彥琛所弒，而延鈞立。延鈞，審知次子。初娶漢主女清遠公主，有美色，早世。繼選金氏、劉氏，皆賢而無寵。後宮數百，無可意者。內侍李倣，極譽金鳳姿態超絕，延鈞御紫宸門宣見，大悅，封之為淑妃。長興三年，民間有言真封宅龍見者，延鈞於其地造濯龍宮，自稱帝，國號閩，改元龍啟。進封金鳳為皇后，追封其假父陳巖為威武軍節度使，母陸氏為長樂郡夫人，族人陳匡勝為殿使。特築長春宮以居之，延鈞數於其中，為長夜之宴。每宴，輒敕宮中燃『金鳳燭』數百枝環左右，光明如晝。復勑宮女數百人，擎一杯盤，皆瓊瑤、瑪瑙、琥珀、琉璃之屬，以隊遞進。不設几筵，酒酣，張長枕大床，擁金鳳及諸宮女裸臥，隨意幸之。又遣使於日南造水晶屏風，周圍四丈二尺，延鈞與金鳳淫狎於內，今宮女隔屏覘之，嬉笑為樂。二月上巳，延鈞修禊桑溪，金鳳偕後宮雜衣文錦，列居水次，流觴娛暢，窮日而返。沈麝之氣，環佩之響，燎炬之光，達於遠近。途中弦管繽紛奏和，清音入雲，觀者塞道不能前。端陽日造彩舫數百於西湖，每舫載宮女二、三十人，衣短衣，鼓楫爭先。延鈞御大龍舟以觀。金鳳作〈樂遊曲〉，使宮女同聲歌之。曲曰：『龍舟搖拽東復東，採蓮湖上紅更紅。波澹澹，水溶溶，奴隔荷花路不通。』『西湖南湖鬥彩舟，青蒲紫蓼滿中洲。波渺渺，水悠悠，長奉君王萬歲遊。』遊人士女，綺繡夾岸，雜遝如市。夜收宮女入宮，多不知所之者。延鈞亦不問。有小吏歸守明，弱冠美皙如玉，延鈞嬖之，嘗呼為『歸郎』。延鈞素多疾，守明侍禁中，夤緣與金鳳通。又有百工院使李可敫，少與守明昵，因守明以通於金鳳。可敫慧敏有智巧，守明令造鏤金五彩九龍帳於長春宮，織八龍於帳外，而以延鈞為一龍。既成，進之，極其華靡。延鈞歡甚，益昵守明，數留宿於內不出。國人歌曰：『誰謂九龍帳，唯貯一歸郎。』初，金鳳因李倣得進，及為后，倣自矜其功，且微聞九龍帳事，頗橫恣不為畏忌。金鳳弗能堪，令可譖諧之延鈞。倣知之，怨金鳳負己，謀所以奪之寵，乃盛飾其妹春燕進於上。春燕婉媚絕代，初入宮，年才十五，顧盼舉止，動移上意。遂大見幸，冊為賢妃。以倣為皇城使，擅愛專席。延鈞自是不復御九龍帳矣。因為春燕造東華宮，以珊瑚為棁桷，琉璃為櫺瓦，檀楠為梁棟，真珠為簾幕，範金為柱礎，窮工極麗。宮中供匠作者萬人，用匱不給，倣舉薛文傑充國計使，文傑巧於聚斂，多察富人陰事，文致之以罪，而籍沒其資。被榜棰者胸背布受，仍銅斗熨之。建州大盜吳光來朝，文傑利其財，將求其罪治之。光怒，帥眾叛入吳，引吳人攻建州。延鈞遣將往救，兵行在道不進。曰：得文傑乃進。延鈞不得已，送於軍中，軍士磔殺之。金鳳諷右省常侍李洵上言：『文傑導九重淫靡，竭萬戶脂膏，天怒人怨，禍亂叵測，皆由李妃與倣為戎首。今文傑被誅，妃倣不宜在上左右。』延鈞意猶豫。明年元夕御大酺殿，召翰林承旨韓偓、弘文館直學士王倜、右補闕崔道融、吏部郎中夏侯淑等，觀鐙賜宴，命各賦大酺樂。偓感長春宮失寵，賦詩曰：『淚滴珠難盡，容殘玉易銷。倘隨明月去，莫道夢魂遙。』延鈞為動念，因返駕長春宮。李倣知罪己者眾，不自安，私與春燕畫全身之策。以太子繼鵬與陳氏有隙，乃言春燕之美於繼鵬。繼鵬入宮問疾，遇春燕於前廡，悅之，遂於所居烝焉。匡勝聞而白其事。延鈞大怒，與次子繼韜議殺繼鵬。繼鵬懼，與李倣圖之。適醫工陳究從宮中出，言延鈞病不起，倣遽令壯士先殺李可敫於家。質明，金鳳訴之延鈞，強起視朝，詰可敫死狀。倣聞驚怖，逼繼鵬率皇城衛士入，延鈞聞鼓譟聲，走匿九龍帳。衛士刺之不死，宮中不忍其苦，為絕之。繼韜及金鳳、歸守明、陳匡勝，皆為倣所殺。於是繼鵬即位，改永和二年為通文元年，立春燕為皇后，加李倣判六軍諸衛事。繼鵬元妃梁國夫人李氏，同平章事敏之女。繼鵬寵春燕，欲廢夫人。內宣徽使參知政事葉翹諫曰：夫人，先帝甥，聘之以禮，奈何以新愛易乎？繼鵬不聽。翹復上書極爭，繼鵬批其疏曰：『春色曾看紫陌頭，亂紅飛盡不禁秋。人情自厭芳華歇，一葉隨風落御溝。』放翹歸永泰，梁國竟廢。春燕信左道，繼鵬惑之。有妖人譚紫霄以方術見幸，事無大小皆決焉。紫霄言紫薇星臨後宮，教繼鵬別建紫薇宮，為春燕遊幸之所。土木之盛，倍於東華。又建三清臺三層於城中。括民間黃金數千斤，鑄寶皇大帝、元始天尊、太上老君像，日焚篤耨、薰陸諸香數十斤。紫霄導春燕諸後宮，齋宿其下，晝夜聚禱，謂為繼鵬祈年永祚，而媟褻無忌，國人醜之。後紫霄事敗，奔吳。倣復以異志見殺，春燕之寵寖衰。繼鵬徙長春宮，夜坐，忽忽不樂。俄聞悲泣聲將近，彷彿見金鳳銜哀至前。而歸守明、李可敫、陳匡勝等，自宮外領紅衣執戈矛者數十人。繼鵬大驚，趨而避之。有頃，宮中火起，紫薇、東華、躍龍諸處，頓成灰爐。繼鵬疑控鶴都將連重遇軍有謀，將加誅。重遇懼，夜統軍圍長春宮。繼鵬挾春燕率黃門衛士斬關出，奔次梧桐嶺。追兵至，執繼鵬歸陁莊，醉而縊之。春燕度不免，觸牆死。時通文四年七月十三日也。葬蓮花山側，號康陵。先是，金鳳與延鈞亦葬是山，號東陵。開運中南唐師敗李仁達於古城，亂兵發諸陵，剔取寶玉。金鳳、春燕容色如生，鮮血流漬，山為之赤，後人名其山為臙脂山云。

以詞入琴譜

康熙丁未燕山程穎莽（雄），著有《松風閣琴譜》二卷，上卷琴曲十一曲；下卷題為〈抒懷操〉，凡三十四小曲，皆當時名流填詞，贈穎莽彈琴之作，穎莽譜之入琴者也。知名者凡十二家：曹秋岳、張砥中、惲正叔、丁藥園、沈遹聲、毛稚黃、丁素涵、王阮亭、孫豹人、宋牧仲、顧梁汾、朱竹垞。以詞入琴譜，或尚不背於古法，較之《九宮大成譜》以南北曲譜法譜宋詞為允也，是可取法。

詠吳卿憐詩詞

和珅多內嬖，有園在海淀，極池館之勝。園中一樓，貯自鳴鐘甚巨，晨鳴則群姬理妝。有吳卿憐、長二姑者，皆嫻文翰。珅敗賜死，長二姑有詩述哀云：「誰道今皇恩遇殊，法寬豈為罪臣舒。墮樓空有偕亡志，望闕難陳替死書。白練一條君自了，愁腸千縷妾何如？可憐最是黃昏後，夢裡相逢醒也無。」卿憐自述悲怨詩則云：「梁間燕子來還去，害煞兒家是戟門。」卿憐先為平陽王亶望妾，亶望伏法，蔣戟門侍御錫棨得之，以獻於珅。珅甚寵之。先後所事二主，皆以罪誅，誠禍水也。邵伯褧太史章〈題卿憐小影便面·鶯啼序〉詞云：「優曇散空弄影，繞人間翠戶。豔陽轉、春入琴川，幾番花事朝暮。愛明慧、如簧顧曲，鶯雛巧囀瓊枝樹。更深情，拈韻敲詩，謝家風絮。一舸鴟夷，照水鬥豔，看旌旗捲霧。試妝罷、依約重簾，解人頻卸紈素。訂幽盟、天長地闊，淚痕漬、歌絲千縷。問何時，回步層樓，背吟飛鷺。娉婷誰惜，短急催裝，付懊儂倦旅。鸞鳳老、別巢輕換，院冷宵永，敗葉殘燈，五更零雨。修眉暗暈，香衾愁共，侯門鐘鼎流光蹙，恨年年、杳隔金閶渡。雲山似客，歸來畫角添愁，斷腸又見鄉土。邯鄲夢覺，倚竹驚寒，認舊村漂苧。細點染、羅衫弓袖，半掩嬌羞，彩扇難尋，繡茵偏舞。傷心自寫，纏綿身世，庭軒愁晚悲去雁，渺音塵、慵撥箏弦柱。而今芳杜銷沈，鎮日凝眸，亂紅定否？」扇頭小影，為吳門周采巖所繪。其背面〈卿憐曲〉，則陳曼生手書雲伯詩也。采巖、二陳，時客阮文達幕，是扉即作於浙署瑯環仙館云。又趙億孫〈題卿憐小像絕句〉云：「笙歌葛嶺幾朝昏，量盡明珠價莫論。無奈楊花易漂泊，又隨風去墮朱門。」「十首吟成薄命詞，死生蹤跡費猜疑。可憐碧玉年猶小，兩見瀛波清淺時。」二姑則不知所終，亦未有人道及者。

詠和珅故址

山陽潘四農嘗訪和珅淀園故址，花神廟、綠野亭尚存，客有盪舟橫笛者，為賦〈水調歌頭〉。有云：「昔日花堆錦繡，今日龕餘香火，懺悔付園丁。」王大嶼〈題四農詞後感事詩〉云：「毓華事賸剩林邱，此地傳聞舊畫樓。拾翠亭空春草怨，簪花人去曉鐘愁。恩深祇道全軀易，勢極旋驚炙手休。一錄冰山知悔否？喚回綺夢付漁謳。」

文廷式《楚辭》入詞

文芸閣學士廷式，嘗謂全以《楚辭》入詞，可另開一境界。其《雲起軒詞集》，有〈檃括楚辭山鬼篇意，以招隱士。調寄沁園春〉云：「若有人兮，在彼山阿，澹然忘歸。想雲端獨立，帶蘿披荔；松陰含睇，乘豹從貍。且挽靈修，長懷公子，薄暮飄風偃桂旗。難行路，向石茸捫葛，山秀搴芝。最憐雨晦風淒，更猨狖宵鳴聲正悲。悵幽篁久處，天高難問；芳蘅空折，歲晏誰貽？子或慕予，君寧思我，欲問山人轉自疑。歸來好，有華堂廣讌，慰爾離思。」案檃括《楚辭》入歌，漢魏時已有之。《朱書．樂志》載〈陌上桑〉三曲，前為魏文帝詞，次為〈楚辭鈔〉，末為魏武帝詞，〈楚辭鈔〉即檃括《楚辭》也。

文廷式被譴罷官

芸閣學士〈追憶詩〉云：「漂泊江潭未有期，鳳樓龍堞夢參差。霓裳夜奏通明殿，羽檄晨飛又一時。事險幾同狐截尾，名高不望豹留皮。冬郎別有傷心處，漫拂朝冠盡淚垂。」此被譴罷官後所作也。又〈賀新郎〉詞云：「別擬〈西洲曲〉。有佳人、高樓窈窕，靚妝幽獨。樓上春雲千萬疊，樓底春波如縠。梳洗罷、捲簾遊目，采采芙蓉愁日暮。又天涯芳草江南綠。看對對，文鴛浴。侍兒料理裙腰幅。道帶圍、近日寬盡，眉峰長蹙。欲解明璫遙寄遠，將解又還重束。須不羨、陳嬌金屋。一霎長門辭翠輦，怨君王已失苕華玉。為此意，更躑躅。」此詞自喻，亦為珍瑾二妃被謫譴作也。

雜劇腳色之名

長沙王益吾（先謙）〈題金檜門觀劇絕句遺冊〉云：「先河院本後傳奇，次第優人作導師。唐句宋詞爭賭唱，只如新調付歌姬。」予案宋代院本、雜劇不分，院本則五人，又謂之「五花爨弄」。相傳宋徽宗見爨國人來朝，衣裝鞵履巾裹，傅粉墨，舉動如此，使優人效之以為戲，祇般演而不唱。雜劇，考之《武林舊事》所載，宮本雜劇段數，所歌者為〈六么〉、〈瀛府〉、〈梁州〉、〈伊州〉、〈新水〉、〈薄媚〉、〈降黃龍〉、〈胡渭州〉、〈法曲〉、〈劍器〉、〈泛清波〉、〈菊花新〉、〈彩雲歸〉之類，皆詞也。而其間各曲上所加名稱，如〈爭曲六么〉、〈扯攔六么〉之類，今不可解。又諸云「爨」者，當無曲詞。而又有〈新水爨〉、〈醉花陰爨〉、〈夜半樂爨〉、〈木蘭花爨〉等名，疑是爨者般演。而歌者歌詞，又有〈孤奪旦六么〉、〈雙旦降黃龍〉、〈孤和法曲〉、〈老孤嘉慶樂〉、〈鶻打鬼變二郎〉、〈泥孤〉諸名稱。

元柯九思云：雜劇有正末、副末、狚、狐、靚、鴇、猱、捷譏、引戲、九色之名。正末者，當場能指事者也，俗謂之末泥。副末，執磕瓜以樸靚，即古所謂蒼鶻是也。當場之妓曰狚，狚，狷之雌者也，其性好淫，今俗訛為旦。狐，當場裝官者是也，今俗訛為孤。靚，傅粉墨獻笑供諂者也，粉白黛綠，古稱靚妝，故謂之妝靚色，今俗訛為淨。妓女之老者曰鴇，鴇似雁而大，無後趾，虎文，喜淫而無厭，諸鳥求之，既就，世呼獨豹者是也。凡妓女總稱曰猱，猱亦狷屬，喜食虎肝腦，虎見而愛之，輒負於背，猱乃取虱遺虎首，虎即死，取而食焉。以喻少年愛色者，亦如遇猱然，不至喪身不止也。捷譏者，古謂之滑稽。雜劇中取其便捷譏謔，故云。引戲即院本之狚。以柯說證之，元劇腳色之名，宋雖未備，實已漸開其先。然宋人未有諸名之前，其所由來者亦漸。

王梅伯《今樂考證》引胡應麟云：優伶戲文，自優孟抵掌孫叔敖，實始濫觴。至後唐莊宗自傅粉墨稱李天下，而盛其般演。大率與近世同，特所演多是雜劇，非如近日之戲文也。余按《三國志・王粲傳》注引《魏略》，稱邯鄲淳博學有才章，又善《蒼》、《雅》、蟲篆、《許氏》、《字指》。初平時，從三輔客荊州。荊州內附，太祖素聞其名，召與相見，甚敬異之。時五官中郎將博延英儒，亦宿聞淳名，欲使在文學官屬中。會臨淄侯植亦求淳，太祖遣淳詣植。植初得淳甚喜，延入坐，不先與談，時天暑熱，植因呼常從取水自澡訖，傅粉，遂科頭拍袒，胡舞五椎鍛，跳丸擊劍，誦俳優小說數千言。訖，謂淳曰：邯鄲生，何如耶？是優孟之後傳記所載，此為最早。《考證》又引胡應麟云：「段安節《樂府雜錄》：范長康、上官唐卿、呂敬遷弄假婦人，即裝旦矣。漢宦者傅粉侍中，亦後世裝旦之漸。」又引〈釀花使者〉云：「漢〈郊祀志〉樂人有飾女伎者。」余按宦者傅粉侍中，不得以為男子女裝之證。至樂人飾為女伎，《漢書・郊祀志》並無此文。范長康等弄假婦人是矣，然唐時事也。《隋書・樂志》稱周宣帝即位，廣召雜伎，增修百戲、魚龍曼衍之伎，常陳殿前，累日繼夜。好令城市少年有容貌者，婦人服而歌舞，相隨引入後庭，與宮人觀聽。實為裝旦之始也。

《考證》又引胡應麟云：「《樂府雜錄》：開元中黃幡綽、張野孤善弄參軍，即後世副淨矣。」又云：「傳奇以戲為稱，其名欲顛倒而無實也，故曲欲熟而命以生，婦宜夜而命以旦，開場始事而命以末，塗汙不潔而命以淨。四名雖不免曲解，然亦有理。戲劇有淨，有副淨，皆畫面者也。」余謂其初始於象人。《漢書・禮樂志》有常從象人四人，秦倡象人員三人。孟康曰：象人若今戲蝦魚師子者也。韋昭曰：著假面者也。北齊蘭陵王長恭著假面，與周師戰於金墉。大率初著假面，繼由假面而變為畫面耳。《武林舊事》所記有〈像生爨〉，疑為戲蝦魚師子之類。

鄭孝胥觀洗象詩

「宣南洗象迎初伏，萬騎千車夾水看。法駕舊儀從鹵簿，玉泉新漲試波瀾。蒲甘國破封難復，莽氏民存業遂殘。留汝南荒遺老在，可堪有齒已先寒。」此閩縣鄭蘇堪（孝胥）〈己丑年觀洗象〉詩也。京師象坊，例以六月於御河洗象。緬甸、越南，本中國屬國，每入朝，象隊列為貢品。自英吉利滅緬，法蘭西滅越南，朝貢遂絕。光緒中葉，鹵簿象隊僅存，吾曹在都觀大駕出，已僅有二象。末年遂絕跡。

鄭孝胥以詩人而為邊帥

蘇堪〈龍州雜詩〉云：「一旅當邊鎖，中朝意甚輕。痞氓殊未活，強對況難攖。坐見前車覆，寧論臥榻爭。官家方省事，付與老諸生。」時方為廣西邊防督辦也，在龍州凡兩年餘。武進孟蒓孫為其幕客，著有《廣西邊事旁記》。今此書流傳於坊間者已罕矣。龍州督師，固是重寄，然事多掣肘，政府又非有收復屬國之意，等之冗官。故其在龍州之詩，多牢騷抑鬱之辭，自比於竄身南荒。廬江吳彥復（保初）曾有句調之曰：「詩人而為邊帥，房琯復見於今。」蓋蘇堪嘗與人書，有以詩人而為邊帥之語。

鄭孝胥娶女伶為妾

蘇堪自龍州還，終慈禧垂簾之日，遂不復出。於海上築海藏樓，有終焉之志。前此雖有海藏之名，而未嘗有樓也。娶女伶金月梅為妾，後復放去。其在龍州，有〈抱膝〉絕句云：「抱膝南荒老不才，祇應憐敵化疑猜。雲鬟緘札今俱絕，海內何人更見哀？」自注云：「余舊有詩云：『海內相哀能幾輩，殷勤緘札賴雲鬟。』」又〈雜詩〉云：「年光如逝水，流落付一歎。卷中有崔徽，緘封不能看。」蓋皆為金月梅作也。

陳三立贈吳彥復詩

「酸儒不值一文錢，來訪瘿公漲海邊。執袂擎杯無雜語，喜心和淚說彭嫣。」「彭嫣不獨憐才耳，誰識彭嫣萬劫心？吾友堂堂終付汝，彌天四海一沈吟。」義寧陳伯嚴吏部三立〈過天津戲贈瘿公〉詩也。瘿公者，廬江吳彥復之別字也，非順德羅掞東（惇㬊），羅較彥復同時而稍後。彥復為吳提督長慶之第二子。先是，海內有三公子之目。三人者，一陳伯嚴，湖南巡撫陳寶箴之子；一陶鞠存（葆廉），陝甘總督陶模之子；一譚復生（嗣同），湖北巡撫譚繼洵之子，皆以其父在官而子能通達時務目之。其後又有四公子之目，則陳陶而外，加丁日昌之子叔雅（惠康），及彥復，則皆能詩者也。而丁巡撫、吳提督皆久物故，是時陶總督、陳巡撫亦歿矣。

彥復官刑曹，值光緒親政，下詔求言。草陳時事疏，言人所不敢言。尚書剛毅覽之不悅，抑不得上，遂棄官南歸。疏言：變法自強，必人主奮發有為，毋與宮人宦寺狎昵，以博弈演劇為戲樂，斯能進賢遠佞，而權不下移。諸言變法者，徒臚舉庶政，效法泰西強國，役之於彼而忘其本，無異於徙宅遺妻，主權下移，則貪墨者得因緣為奸，忠憤者或矯枉過正，馴至天下大亂。且曰：權不在君，必移於其臣；權不在臣，必移於其民；權不在民，必將移之外人。有權之國強，移權之國殃，無權之國亡。今此疏載在其《北山樓集》中。彥復當庚子、辛丑間，寓滬之梅福里。其門聯有曰：

「卜居梅福里，未上杜根書。」蓋謂其疏抑不獲上也。庚子後，天下事更不可為，遂沈溺於醇酒婦人，益自頽放。彭嫣者，本滬妓，彥復納之。愈窮困，乃移居天津依袁世凱。後竟病偏廢，臥床數歲而歿。

陳三立哭薛次申詩

陳伯嚴〈哭薛次申〉詩云：「錦衣玉貌過江人，幾躓塵埃臏我親。萬慽都移疽發背，九原更恐債纏身。羽毛自惜誰能識？圭角難礱稍未純。此後溪橋候明月，一披蕭卷一酸辛。」自注云：「君彌留時，以蕭尺木書畫卷子見遺。言後睹此卷，如睹我也。」又有〈還金陵走視次申雨花臺殯宮〉五言云：「尋常客還時，諜門君踵至。今我萬里歸，不聞枉車騎。君果安往耶，魂定旋拭淚。本期親執紼，愆策十日轡。越晨造殯宮，繞郭雲麓異。飛揚鐃吹聲，蓊鬱草木氣。僧寮橫兩棺，殉姬列其次。漆光颺蛛絲，捫拂中如醉。爭衡誇毗場，餘此野哭地。亙古誰無死，嗟君死顛躓。生世所遭歷，祇供疽發背。骯髒排世人，獨結塵外契。宿昔促膝言，沈沈在肝肺。乘興泛酒舫，月橋每連袂。閒遊侶亦失，衰蹇更何冀。掩帷立空堦，仰瞥冥鴻逝。」次申為四川興文人，署兩江總督薛覲唐（煥）之子。光緒間以道員需次江蘇。其歿也，以背疽潰不獲治。歿之前一日，其姬人仰藥殉，秦淮妓也。

高爾夫球、籃球、足球

劉攽《中山詩話》云：「鞠，皮為之，實以毛。蹙蹋而戲。（見〈霍去病傳〉注：『穿城蹋鞠。』）晚唐已不同矣。歸氏子弟嘲皮日休曰：『八片尖皮砌作毬，火中凛了水中揉。一包閒氣如常在，惹踢招拳卒未休。』今柳三復能之，述曰：『背裝花屈膝，白打大廉斯。進前行兩步，蹺後立多時。』柳欲見晉公，無由。會公蹴毬後園，偶進出，柳挾取之，因懷所業，戴毬以見公。出書再拜者三，每拜，毬起復於背膂幞頭間。公乃笑而奇之，遂延於門下。」予案蹴毬之戲甚古。嘗見元人畫〈宋太宗蹴毬圖〉，持竿，其末作曲柄狀，正類今歐洲哥而夫毬所用竿狀，亦於平地為之。余近賦哥而夫毬詩曰：「一隅之地疊小邱，學作常山蛇勢修。步駕橋屋施層樓，侏儒雖捆不得遊。

曲柄倒置短竿頭，持蹴彈丸通以溝。眼中兒戲行且休，英相老死誰復優。」末語指英吉利前內閣張伯倫也，張伯倫最喜蹴哥而夫毬。《漢書》：霍去病穿城蹋鞠。「穿城」未知何云。其類今之哥而夫毬穿地為溝耶？《史記》：處後蹴鞠。則非一人戲，亦有比賽也。《唐音癸籤》謂唐變古蹴鞠戲為蹴毬。其法植兩修竹，高數丈，絡網於上，為門以度毬。毬工分左右朋以角勝負。則又有類於今之籃毬、足毬矣。

鄭杰談玉石

「小章費盡磨礱手，鈕閣精鐫玉璇鈕。漫嫌石量過輕纖，絕藝雙雙今罕有。東來海客苦搜尋，塊兩價重如黃金。估人貪大不取小，周人胡盧笑不禁。」此余昔賦韓約素小印詩也。印高大不及半寸許，石質為田黃洞，小璇鈕為楊玉璇所鐫。今人評田黃過兩以上則價昂，且必老坑，新坑不值價也。老坑者，康熙間陳日浴所採，當時佳者已掘盡。鄭杰《藥鑪集》舊載有〈壽山石譜〉，云：「卞二濟〈壽山石記〉云：壽山在重巒複澗中，距福州府治六十餘里，有坑名『五花』。〈志〉

云：所產石類珉。〈志〉語未詳。嘗竊訪之舊聞。宋時採取病民，有司上言：請得以巨石塞坑路。由是取之者少，即得之者亦不甚示寶於人。邇來三、四年間，射利之人，盡手足之能，鑿山博取，而石之精者出焉。間有類玉者、珀者，玻璃、玳瑁、硃砂、瑪瑙、犀若、象焉者。其為色不同，五色之中，深淺殊姿。別有緗者，縓者、綺者、縹者、蔥者、艾者、黝者、黛者；如蜜、如醬、如鞠塵者，如鷹褐、如蝶粉、如魚鱗、如鷓鴣斑焉者。舊傳艾綠為上，今種種皆珍矣。其峯巒波浪，縠紋膩理，隆隆阬阬，千態萬狀。可彷佛者，或雪中疊嶂，或雨後遙岡；或月淡無聲，湘江一色；或風強助勢，揚子層濤；或蒲萄初熟，顆顆霜前；或蕉葉方回，幡幡日下；或吳羅颺彩，或蜀錦鸞文。又或如米芾之淡描，雲煙一抹；又或如徐熙之墨筆，丹粉兼施。噫！亦異矣。夫土出之寶，無勝於玉。按王逸曰：赤如雞冠，黃如蒸栗，白如截肪，黑如純漆。而茲石之美，何必不然？又〈滇志〉：點蒼之石，白盾青青，具山水草木之狀。今施諸屏風几榻，祇一色耳。其精瑩滑潤，不如也。由是觀之，元真備其采色，疑若帝遺鬼工，挾南海蚌淚之屬，深入礨砢，雕鏤點染而復然者，甚矣。造物化工，其不可思議至如此也。或曰：量其大小輕重，而數倍其值。豈價欲比玉耶？予曰：玉所以貴者，堅而不脆，叩之則鳴。使茲石亦堅而有聲，何必曰珷玞，何必曰琨珉也。且玉之至美者不貲，茲為價僅數倍；近世士大夫取青田為章，甚且計兩而二三其緡，顧孰與茲石尤陸離滿目也。或曰：丹砂、雲母、空青之屬，利用於人，茲用果奚利？予曰：充玩好也。獨不曰玉卮無當，有萬鎰時乎？昔者靈壁之石，米元章尚，乃袖而愛之。使其當此，殉之性命，且何如矣。予友陳越山、林道儀、彭木厓、石鍾林、陡廬兄弟，率購藏之。每為予陳於几案，儼遊山陰，千巖競秀，萬壑爭流，使人應接不暇。予貧不能購，聊記一則，以常藏石，庶天下知閩之奇如此。杰按：邇日人所爭重者，白田為最。（情似羊脂玉，偶有紅筋如血縷。即高雲客所云皎潔則梁園之雪，溫柔則彩燕之膚，入手使人心蕩。）次黃田，（通黃如爛柿者佳。更有淡黃一種，間有紅筋，亦他石所無。又有連江一種，質硬性燥，多裂紋，歷久變黑色，不堪持玩。初出時，人競為其所愚。）次水洞，（一名魚腦洞，通明如水晶。質膩性滑，即高雲客所云白濯濯如冰雪澄，沁人心腑。更有黑色者，為牛角洞，尚易得。又有一種天藍洞，不多見，即高雲客所謂出青之藍，蔚蔚有光是也。）次艾綠，（色如艾葉初生，青翠可愛，不可多見。大者尤難，謝在杭品為第一。）次黨洋洞，（精瑩略似水洞者為上。又有黝色者，五色者，奇色者。色雖不一，而質本溫潤，較勝他石。）次高山洞，（通明媲於水洞。有掛紅者，有紅白夾半者，有奇色者，惟質實者為下。）次都靈洞，（五色爛斑，溫純深潤，閩人罕能辨者。即高雲客所謂郊原春色、桃李蔥龍是也。）次芙蓉洞，（質如于闐白玉，嫩而脆。將軍洞為上，半山次之，質粗而多砂者為下。更有紅黃紫及各奇色者，雕工象其形勢，雕琢人物山水，奇妙欲絕。即高雲客所謂瓜穰紅白者是也。）次月尾紫，（以青紫光膩為上，大者甚難得。豬肝色者不足取。）次奇崗，（崗音艮。質堅而情理可愛，五色爛漫。即高雲客所謂霞紅雲青相雜者是。）石之佳，大概有此數種，俱產水坑，然而已絕響數十年矣。近之所售，皆發之山蹊。姿色闇然，體質堅燥，雖有五色花紋，不耐賞鑒。余素有石癖，積三十年，大小得五百枚，皆吾閩先輩所遺留。鈕多出之楊玉璇、周尚均二家所製。隨囑友人林雨蒼篆章，石既陸離斑駁，無妙不臻，章復規秦摹漢，諸法咸備。一展玩間，真覺心神俱爽，摩挲不忍釋手。因集《注韓居印存》一冊，附列鈕式，注明石品。斯邈不作，篆隸失真，習篆不能研究說文，習隸不能規撫漢室諸碑，下筆全無古法，而圖章尤不可問矣。余友林雨蒼耽金石，工六書。篆法李丞相，廓落方圓；隸法蔡中郎，方勁古拙，久為世重。所作圖章，直紹三橋宗派。鏤金劃玉，文樸藝工，譬若斷壁殘圭，古色可挹。雨蒼著有《印史》、《印商貞石》前後篇，及為予製《印存》，可與薛穆生《漢燈》、練元素《名章滙玉》二譜，並垂不朽。」

予案今人稱洞作凍，此誤書同音字也。據鄭氏所記諸洞名，當作洞。卞氏謂舊傳艾綠為上，今種種皆珍。鄭氏則謂邇日重者為白田，黃田第二，水洞第三，而艾綠居第四。毛西河《後觀石錄》，記有艾葉綠二，白花鷹背二，皆楊玉璇製鈕。白花鷹背二，又名「灰白花錦」，則名目繁多，不屬於產地之分析矣。雞血石諸書不載其名，其亦白花鷹背之類耶？

董用威輓江標詩

「一年不見靈鶼子，風調平生遂渺茫。地下精魂應聚泣，人間瘧鬼果猖狂。青蠅弔客言堪痛，蒼狗浮雲事可傷。高誼自慚輸范式，素車誰叩汝南喪？」「沈冤未敢訴天閽，帝遣巫陽召楚魂。畫餅聲名真自累，蓋棺功罪竟誰論！明堂異日思前席，幽室何年照覆盆？料有據床人更慟，白頭揮淚視諸孫。」此仁和吳董卿（用威）輓江建霞京卿標詩也。建霞為湖南學政，繼之者徐仁鑄，皆朝官中之能持清議者。其在湖南，主張維新。值湘撫陳寶箴力行新政，為湘士之舊派者所不悅。及戊戌事變，同時被黜。未久徐、江遂先後逝世。建霞死，其母尚在，故末語云云。董卿與建霞交誼至深，方建霞初入詞林，回蘇籍，過滬，流連數旬日。其贈送知交聯扇，悉為董卿所代筆，董卿固善書。今市間有鬻建霞墨蹟者，多董卿行書，識者亦莫之辨也。

袁緒欽詩

長沙袁叔輿（緒欽）〈酬伯嚴兼柬實甫〉詩云：「裙屐當年畫戟門，閒園花樹綠成村。聽鸝水榭銅釭炧，試馬春城玉勒喧。慧眼人天金屋豔，詩心仙佛錦囊魂。黃衫年少函樓客，各有東風斷夢存。」注云：「伯嚴初居長沙閒園，予與實甫居培芝書屋。宅中有樓曰憩雲樓，亦曰函樓。時伯嚴年二十一，予年二十，實甫年十六。」此詩載在陳伯弢（銳）《門存詩錄》。三人者，皆少年已有盛名。伯嚴居閒園時，其父右銘中丞，尚係以知府需次湖南也。函樓則實甫父笏山方伯宅。

伯弢又有《裒碧齋雜記》，嘗憶中有一則云：汪穰卿似龍國太，文芸閣似屠戶，陳伯嚴似尼姑，江建霞似理髮師，袁叔輿似成衣匠。少年意氣，同人互有品題。細思之，身分都略相似，亦謔而虐矣。又一則云：人言易實甫詩如五十歲神童，樊雲門詩如六十歲美女。蓋自少至老，搔首弄姿，矜其敏秀，為諸名士所不能及。前者擬其舉止形狀，後者擬其才調，此二則可入《世說》「排調類」。

文廷式遺集未收之詩

《門存詩錄》載有文道希詩六首，為葉譽甫印其遺集所未收，亟錄於此。〈閱門存倡和詩戲題二律〉云：「高談咫尺近元門，何事來尋學究村？俗士晴窗窺日少，老夫午枕聽濤喧。江山浩浩方招隱，風雨蕭蕭也斷魂。誰到金華重問訊，牧羊仙客至今存。」「諸君才力近蘇門，詩派猶應溥後村。廣莫風來多震盪，洞庭樂奏異啾喧。試賡太白〈飛龍引〉，重起莊生化蝶魂。一卷了然參世變，遊鯈雖逝釣絲存。」又〈諸君和章不至復奉一首促之〉云：「兒戲從來笑棘門，徵兵直擬到團村。迴風轉海瀾初起，明月懸天夜不喧。鍾阜千尋銷王氣，清溪一曲弔芳魂。江山如此詩情冷，可奈高齋舊句存。」又〈自題元史詳節復用前韻〉云：「曾見兵威過鐵門，角端遺事記南村。時來瀚海風雲變，運去和林鳥雀喧。乞瓦綿城追戰績，班朱河水壯英魂。四千年內論人傑，俯仰猶欽霸烈存。」又〈郊行書所見〉云：「客行修竹不知門，鳥沒平蕪盡處村。被隴麥苗晴後雨，出林鐘梵寂中喧。人耕下潠方畬草，節近清明欲禮魂。市處久思農業樂，瓦盆敲破古風存。」又〈偶書〉云：「謫居不望濯龍門，幻夢初回惡犬村。四海久嗟秦客贅，一廛寧避楚人喧。家無儋石堪容傲，地有蘭荃足醉魂。滿鬢霜華休便老，伯陽且喜舌猶存。」

俞明震登臺北城樓詩

俞恪士〈甲午除夕登臺北城樓詩〉云：「瘴外日光芒角動，殘年出戶晝常陰。寥天有此登高興，暮雨飄殘隔歲心。役役談兵清議在，冥冥入世幾人深。迷離爆竹千家晚，鍼孔光陰耐苦吟。」此其光緒甲午從巡撫唐景崧在臺灣時所作也。甲午之役，和議成，臺灣割讓與日本。是時唐巡撫不奉朝命，遂告獨立。唐自為伯里璽天德，恪士為其內閣閣員。逾年不支，皆內渡。恪士又有〈登廈門南普陀和易實甫韻〉云：「登臨初見海嵯峨，回望神州感逝波。坐久自疑趨大壑，再來應恐泣磐陀。愁邊草樹天風急，淚眼乾坤落照多。今日五洲成大夢，獨留殘夢在巖阿。」此詩則乙未自臺內渡時所作也。易實甫時亦從唐在臺灣。其在臺灣詩，謂之《魂南集》。

恪士、實甫皆善為滑稽詩，實甫〈戲謔張文襄之洞〉詩有云：「三十三天天上天，玉皇頭戴平天冠。平天冠上豎旗桿，中堂坐在旗桿巔。」傳者無不發噱。伯弢《裹碧齋雜記》，載有恪士滑稽詩一則云：「歲辛丑，余需次江寧，僦居烏衣巷。一日飲集同人，待俞恪士不至。旋以詩來辭云：『寒風吹腳冷如冰，多恐回家要上鐙。寄語烏衣賢令尹，醃魚臘肉不須蒸。』「轎夫二對親兵四，食量如牛最可嫌。轎飯若教收八折，龍洋八角太傷廉。』轎飯，京師謂之車飯錢。雖每名只犒一角。然南京宴會，如座客有道臺五七人，親兵之外，尚有頂馬傘夫，開銷動輒百餘名。跟丁則每名倍之，或竟有需索者。廉員請客，固不易也。」恪士所作滑稽詩尚多，惜予不能記憶。

忍古樓詞話

文道希

余作詞始於庚子，時寓居海上，與萍鄉文道希兄弟日相過從，道希頗授予作詞之法。一夕，李伯元茂才於酒肆廣徵京津樂籍南渡者四十餘人，為評騭殘花之舉。余首賦〈念奴嬌〉詞，道希輩頗擊節歎賞，和者遂十餘人。道希詞云：「江湖歲晚，正少陵憂思，兩鬢衰白。誰向水精簾子下，買笑千輕擲。淒訴鵾弦，豪斟玉斝，黛掩傷心色。更持紅燭，賞花聊永今夕。聞說太液波翻，舊時馳道，一片青青麥。翠羽明璫飄泊盡，何況落紅狼籍。傳寫師師，詩題好好，付與情人惜。老夫無語，臥看月下寒碧。」余詞云：「催花羯鼓，怪聲聲動地，漁陽撾急。吹起辭枝紅亂旋，莫道東風無力。析木青萍，桑乾白柳，夢見傷心色。黃塵走馬，舊衣曾涴京陌。分付紅粉歌筵，金尊休淺，同是江南客。行遍天涯都不似，卻悔年時心跡。罥樹游絲，迸盤清淚，思繞腸牽直。四條弦上，數聲如訴如泣。」此詞余集中不載，今日視之，正是小兒初學語也。

鄭叔問　陳伯弢

於篋中朋輩詞箋，得鄭叔問未刊詞九闋，陳伯弢未刊詞四闋。雖或為兩君刪棄之詞，然固滄海遺珠也。叔問〈少年遊〉云：「誰家年少簇金鞍。醉夜踏花還。不管東風，暗塵臺榭，歌舞借人看。空餘燕子銜花去，別院話春寒。未了黃昏，一番風雨，何處倚危闌。」〈青門引〉云：「雁過霜天近。庭院雨餘苔靜。芙蓉寂寞晚芳叢，西風采采，不上舊時鬢。回闌幾曲愁憑損。拍遍無人應。小城昨夜聞笛，月明滿地秋江影。」〈己酉九日風雨・木蘭花慢〉云：「歎人間令節，更何恨，有登臨。縱酩酊能酬，高樓暮色，知為誰深。難禁。向風雨夜，但黃花滴淚勸孤斟。不信情天易老，故教佳日多陰。沉沉舊會茱萸，顏鬢改，又重簪。念節物淒涼，年涯晼晚，都到秋心。休尋。暗怊悵地，正西山、爽氣繫疏襟。空畫闌干影事，酒醒獨自沉吟。」

又〈秋夜聞雁・木蘭花慢〉云：「雁啼天在水，避秋影，莫書空。正露重江寒，亭亭斜月，猶掛虛弓。蘆中。楚歌夜起，怨關山殘笛下西風。何事衡陽倦羽，斷雲不度高峰。怱怱。夢轉征蓬。憶故苑，雪留蹤。歎長門燈暗，哀箏危柱，妝淚彈紅。驚逢。聽秋別枕，雨淒淒。愁和蘚堦蛩。又是單衾酒醒，夜亭催冷吳楓。」〈書帶草・聲聲慢序〉云：「余既營草堂於竹隔橋南，繚以長廊，緣砌植書帶草殆遍，蔥翠可藉，貞萋冬榮，經神之遺，足當吾家讀書種子。漚尹翁為題通德門榜，示不忘鄭志也。言誦清芬，賦得一解。」詞云：「芳披雲縷，翠挹風籤，森森舊家寒碧。散帙城陰，還帶草堂深寂。休吟謝池夢好，恁詩痕、不點經席。書種在、比芸香盈畝，薤垂過尺。看遍長安桃李，朱門冷、何堪盡成蓬棘。誦得清芬，依約榜門通德。纖纖一重綠意，似當窗詩婢曾織。悵漢苑幾青蕪，春老故國。」自注云：「是調側韻，惟宋劉涇自製一曲，汲古本《夢窗詞乙稿》中所羼入者是也。杜王續刻，並承毛本之訛誤，失已甚。今明板《草堂詩餘》，固一確諗。且涇作骨氣高健，猶是北宋遺音，益足徵已。不揣黯淺，不輒追和之，聊示考存故譜之一格云爾。」

〈中秋夜雨罷酒遣懷・采桑子〉云：「今宵莫惜無明月，人似姮娥。酒滿香螺。好夜看人盡夢過。歸來獨臥西窗雨，閒淚無多。不可聞歌。早自安排喚奈何。」〈辛亥九月作・謁金門〉三闋，其一云：「行不得。塞上燕脂無色。一夜霜笳天下白。秋高空雁磧。莫惜王孫路泣。芳草猶傷舊國。如此關山搖落易。斷腸人未識。」其二云：「留不得，夢轉車塵宮陌。秋老衰蘭催送客。金仙無淚滴。一炬倉黃半壁。四聽楚歌風急。誰蹴崑崙鼇柱坼。三山驚海立。」其三云：「歸不得。哀些誰招離魄。東有龍蛇潛大澤。九關愁更北。江水為君還黑。山氣何年重白。遼鶴書沉雲海隔。夢來天地窄。」

伯弢〈漁家傲〉云：「人靜烏鳶相對語。重簾不捲肥梅雨。新漲濺愁濃幾許。憑闌處。分明無想山中住。便爾唱予誰和汝。平生總被名韁誤。何日田園擕橡芋。清尊注。陶潛那不思歸去。」〈九日風雨・金縷曲〉云：「何日無風雨。到重陽、瀟瀟淅淅，便成愁譜。簾角吳山青數點，總被浮雲遮住。更何地、登高能賦。偶話東籬歸路杳，料黃花、瘦到無人處。簪不得，為誰舞。沉沉此恨成今古。黯東南、星飛海沸，漏天難補。岸上維舟眠較穩，我亦尋常鷗鷺。奈佳節、淹留如許。消受深秋垂老別，但扶頭、茗艼杯無數。簷花落，盼將曙。」〈夜造聽楓園，叔問昌碩先在坐•雪梅香〉云：「晚寒切，高城脫葉旋西風。望天涯無伴，行吟漸覺愁工。過市燈稀雨礚屐，敂門人熟酒盈鐘。此何夕，邂逅平生，還似初逢。朦朧。倚窗問，燭外梅梢，贓幾新紅。老客吳趨，對花忍憶遊蹤。歲暮音書歎寥寂，五湖煙水各西東。明朝事，待買霜鯿，分付烏篷。」又〈雪梅香〉云：「雨連夕，高樓獨客故傷心。攬征篷千里，霜天暮角寒侵。魚市煙荒午收榾，烏邨風急暝呼林。點還滴，檻外窗前，多少愁音。沉沉。數年事，蠟淚珠啼，坐冷鴛衾。盡說還期，瀟湘水闊雲深。楓樹青凋半江葉，梅花紅減十分陰。寒灰意，已是當年，何況而今。」

張次珊

江夏張次珊通參仲炘，光緒庚子，以言事忤太后被放。己酉，予被陳伯平中丞辟為江蘇巡撫左參議，通參先在幕中，因得朝夕共談讌。有〈見和花步餞春・一萼紅〉詞云：「小樓深。敞沈香綺戶，春色尚沉沉。箏柱弦溫，棋枰玉冷，紅袖來勸芳斟。亂花過、庭蕪自碧，耐絮語、枝底和雙禽。古苑臺池，舊家園榭。都付閒吟。歡事不堪重念，對金杯滿引，白髮愁侵。煙柳春城，林亭白下，飄蕩還又而今。倦飛繞、南枝幾匝，浩歌裡、空負亂山心。未識明年，共誰底處開襟。」通參有《瞻園詞》二卷，刊於光緒乙巳。其詞芬芳悱惻，騷雅之遺。惜乙巳以後之詞，未見刊本。蓋通參歿於己未，公子善都又先卒，一孫尚幼，無人為之續刊遺稿也。余有〈題通參日望樓餞別圖・三部樂〉云：「樓角殘陽，照薊柳斷絲，暗沾瑤席。會長人散，空賦歧亭春色。慣愁見、寒食飛花，更夢驚戍鼓，淚染宮陌。玉鞭卻倚，去去銅鞮歸客。丹青近開短紙，認苑牆翳水，臥遊能識。沉沉晚霞一縷，東風盈尺。引離懷、萬千迸集，愁靨外、雲迷故國。洗盞更酌，除一醉、堪破岑寂。」此詞舊不存稿，偶於朋交處見所錄圖卷詞有之，幾不省為予詞也。附錄於此。

桂伯華

德化桂伯華念祖，丁酉舉人。與予同師善化皮鹿門先生，經學詞章，根底深厚。中歲學佛法於楊仁山先生，因東渡習梵文，通密宗，遂證涅槃於日本。其遺著未刊。余篋中有詞箋四：〈丁香結〉云：「積雨侵階，同雲蔽野，牆外屐聲來往。倚繩床經案，朝又暮、時霎龕燈都上。文園情緒減，才觸撥、禪關又放。人間天界，剎那輪轉，腸回無像。惘惘。記三五年時，秋月春花同賞。綠酒紅燈，銀鞍繡轂，盡勞追想。無奈存沒聚散，苦樂殊今曩。惟何恩何怨，尚隔蓮邦肸蠁。」〈驀山溪〉云：「春光欲盡。未得天涯信。早起鎮懨懨，減裘帶、餘寒猶嫩。古碑臨罷，獨枕故衣眠，魂無定。身慵困。釀就維摩病。誰家巷陌，紅滿香成陣。旬日雨風頻，減多少，遊蹤逸興。懺除煩惱，賴有貝多經，簾押靜。香篆燼。終卷陰移寸。」〈讀小山詞・菩薩蠻〉云：「才華已為情鎖損。那堪又被多情困。珠玉女兒喉。新詞懶入眸。清愁銷不得。夢入蓮花國。方信斷腸癡。斷腸天不知。」〈虞美人〉云：「淒涼十五年中事。苦了他和自。香殘紅退畫堂空。早是柔魂銷盡夕陽中。他生有分相廝守。拚共天長久。仙山樓閣也迷茫。祇要雙心一意向西方。」伯華詞多不注意平仄，是學佛人所作，當例外視之也。

蔡公懺

新建蔡公懺可權，亦學佛人也。光緒辛丑題拙稿〈滿江紅〉詞云：「萬象樅然，塵不到、華嚴靈館。君悟得、法身無我，日光常滿。慧眼澄明空障礙，信心清淨時薰盥。聽秋聲一葉落梧桐，消煩懣。無著處，琴音斷。空谷籟，僊風轉。羨好修不倦，蘭紉九畹。願海洪濤喧萬里，寒煙幻影心心篆。懺廿年諸妄見如來，吾今勉。」是時余前室陳淑人方逝世，公懺蓋以佛法相勉慰也。

嚴幼陵

侯官嚴幼陵復，與予先後監叔復旦公學，予妹壻熊季廉元鍔，其高弟也。丙午、丁未、戊申之際，箋札往還談藝，日夕無虛，惟論文論詩為多，及於詞者不過一二，詞雖未工，殆為罕見。〈摸魚兒〉云：「傍樓陰、濕雲凝重，黃昏蟲語淒絮。秋魂僝僽驚寒早，誰念玲㻌羈旅。從頭數問，陌上相逢，可料愁如許。今休再誤。早打疊心苗，銷凝意蕊，忍與此終古。茂陵病，捱得更更寒雨。此情依舊無主。微生別有無窮意，錯認曉珠堪語。君莫怒。便舞鳳迴鸞，詎就輕輕譜。移商換羽，算海嘯天風。成連歸矣，霜淚凍弦柱。」〈金縷曲〉云：「旅邸情難遣。況秋宵、征鴻淒厲，寒衾孤展。覓地埋憂高飛去，那借步虛風便。雲窗外、蠹蟾斜眄。解佩江皋魂先與，迓多情、他日誰家輦。思不得，淚空泫。長門可是無團扇。更何人、悁蘭惋蕙，白頭仙眷。填海精禽千萬翼，試測蓬萊深淺。又不是、等閒鶯燕。詠絮才高尋常事，抱孤懷、要把風輪轉。春且住，勒花片。」二詞皆戊申九月客北京所作，嘗呈彊邨，〈解連環〉詞已別見，不錄。

陶伯蓀

南昌陶伯蓀牧，昔歲相從吳下，翩翩記室才也。悼亡後不復娶，自號病鰥，英年即窮愁潦倒，一寄其意於歌詞。今已垂垂老矣。其和余〈浣溪沙〉詞七闋，聲情委婉，雅近二晏。其一云：「小院深沉月上遲。背人翦燭意多癡。翻新巧樣畫雙眉。燕子殷勤嬌欲語，鸚哥調笑學吟詩。妝成背鏡費矜持。」其二云：「洩漏春光事竟成。消魂紅雨隔重城。誰將金彈打流鶯。不為顏酡辭綠酒，祇緣簾密閉紅燈。關心第一遠歌聲。」其三云：「碧海寃禽未放歸。斜陽消息盼春菲。天涯柳絮作團飛。燭淚空抛悲永夜，琴心誰識撥清徽。石屏深坐勸添衣。」其四云：「枕上鴛鴦對對看。蘭閨繡罷怯春寒。不禁清露濕闌干。一水波通情作繭，九華雲隔夢登山。誤渠畢竟是紅顏。」其五云：「蛛網迷離舊日樓。暮煙銷盡幾多愁。相思兩字滿銀鉤。爭奈更殘傳夙恨，莫從花落憶前遊。有人窗外倦凝眸。」其六云：「獨倚危闌袖拂塵。紅牆燈火惱黃昏。年年芳草最傷春。舞扇盈懷拈斷帶，銀牙在手苦停雲。嫦娥猶似廣寒身。」其七云：「翠幕重重掛夕霏。爐香冷暖篆絲微。倩誰為我借天衣。忍遣華年成逝水，頻尋佳約怕愆期。海棠開後更思歸。」余集中此七詞刪存五闋。其二云：「天上霓裳乍譜成。一歌傾國再傾城。流傳法曲到春鶯。溝水尚嗚牆外笛，御簾初隱殿前燈。別來忍聽斷腸聲。」其七云：「合浦珠光弄夕霏。晚潮初退月痕微。行雲皛皛濕仙衣。楚賦未能輪宋玉，洛遊我自共安期。醉攜一道夜歌歸。」余第三卷詞刊於辛亥，去取悉經滬尹叔問商定也。

王又點

長樂王允晢又點，予三十年之文字交也。所著有《碧棲詞》一卷，吐屬清婉，有一唱三歎之妙。曩贈予聚頭扇，寫所作〈送張珍午入都・長亭怨慢〉詞云：「又還是將離時節。酒盡江樓，雁聲相接。喚得愁生，半篙雲浪漲天闊。故人都散，爭忍唱旗亭闋。那處不飄零，恨莫恨長安秋葉。淒切。擁吟鞭試望，縹緲夢華宮闕。盧溝過也，怕冰渡暗澌先結。更問訊近日西山，可猶有梅花香發。念一片陰陰，誰掃蒼崖苔雪。」予極許其嗣聲白石。頃李拔可同年將為刊遺集，以校讎相屬，亟錄數闋，以志予所欣賞。〈雙清館題壁兼呈高樓先生・西子妝〉云：「勻碧球場，藏紅鏡戶，畫裡輕盈稀見。天公無處裹春聲，判春風共鶯流轉。芳歌未半。恁愁沁江南平岸。冷襟懷、灑北來冰雪，吳兒爭辨。司熏嬾。幾度樓中，夢比闌干短。樓高同自感斯文，況相逢近年多難。花枝在眼。算人老須花拘管。倚斜陽、灩灩金杯勸滿。花枝在眼。算人老須花拘管。倚斜陽、灩灩金杯勸滿。」〈題嚴幾道江亭送別圖・玲瓏四犯〉云：「散策路紓，凝笳聲遠，都門風物如洗。向來攀躡處，唄歇松陰閉。荒陂也宜共醉。奈先生便搖征轡。幾樹綠楊，半泓渟淥，渾是送秋淚。長安海，傷心地。盡盟鷗淡語，猶然交棄。寺經戎馬後，夢在菰蘆底。春波萬疊堪容與。索還我江湖漁計。圖畫裡。回頭黯西山暮紫。」

〈菊影・疏影〉云：「蒼茫雁字。蕩清霜弄晚，愁在何許。廢圃空陰，小苑微寒，銷得幾回悽顧。斜陽鬢底疏蕪色，更漠漠彌簪香務。算也應多謝秋娘，懶配斷腸鍼譜。幽致。常年共惜，月明細步繞，來往煙語。人老迷花，花自無言，冉冉窺人涼句。如今怕見西風面，悔不掩籠燈深戶。又一枝斜入多時，看到半籬鴉曙。」〈海棠花下作・浣溪沙〉云：「葉底遊人不自持。枝頭啼鳥尚含癡。玉兒愁困有誰知。淺醉未消殘夢影，薄妝原是斷腸姿。人生何處避相思。」〈菩薩蠻〉云：「迴峰折疊晴川色。玻璃一鏡酣春碧。鏡裡是兒家。蠻溪滿屋花。東風吹別苦。直送雲帆去。昨夢故鄉看。月明千萬山。」又點兼工詩，絕句尤庯峭，蓋亦致力於白石詩。晚歲於南臺聚一妾，往來南北，相攜數年，復放之為尼。歸閩後，耽禪誦，易簀時尚不捨佛號，殆生具夙慧通者，歿仍遄返淨土也。

洪澤丞

歙縣洪汝闓澤丞，余初於陳鶴柴席上相識，贈余以所著《勺廬詞》，聞聲相思久矣，一見傾倒，山谷詩所謂「自吾得此詩，三日臥向壁」，余於《勺廬詞》，尤恨得讀之晚也。頃年與結漚社，過從益密，復得時誦近詞。〈丙寅元夕・六醜用夢窗韻〉云：「又銅街放晚，繡幕底金鋪催掣。綺遊鳳城，珠塵隨步滅。花下佳節。尚記西園夜，紺荷千蕊，映海山光揭。仙霞倒影晴空熱。鈿轂波迴，重簾眼纈。星娥試妝瓊闕。看魚龍百戲，鼇駕過徹。年芳易歇。悵天涯鬢髮。更訪籠紗地，情事別。東風故惱鶗鴂。換當筵翠袖，踏歌羅襪。南樓宴柘枝淒絕。依前是、席上傳柑素手，舊人新月。津橋畔、鵑淚啼雪任社鼓，送得愁蛾去，春燈恨結。」〈賦階下碧桃・瑞龍吟用清真韻〉云：「桃谿路。三見夢蕊飛香，絳珠辭樹。西池春色年年，翠尊醉倚，闌干勝處。蔓延佇。無數上林紈綺，豔陽簾戶。朱門幾閱東風，謝堂舊燕，花間絮語。還訴玄都前事。海山人遠，瓊宮塵舞。仙侶避秦，歸來臺榭非故。裁綃暈碧，空賦傷春句。憑誰向江頭照影，樓東迴步。斷梗隨波去。浪吟又動崔郎恨緒。猶有殘紅縷。芳訊晚、魂銷江南煙雨。瘦楊巷陌，一天愁絮。」

〈追賦北海秋蓮寄次公京師・隔浦蓮〉云：「凌波前度翠沼。一鏡愁紅小。露冷銀塘岸，金莖折，驚秋早。菱唱花外裊。催歸棹。暮景江南好。錦璫渺。湘娥去後。湖山歌舞都悄。風裳水佩。

悵望襪羅人老。池館華清夢再到。殘照。淒涼誰話天寶。」〈南歸留別都門同社・六州歌頭用東山體〉云：「河橋燈火，一舸客南歸。風雪裡。驚笳起。渺愁思。憶年時。歌舞雲臺際。人蘭苣。家紈綺。招搖指。欃槍墜。偃旌旗。十載京塵，銷損英游氣。檀板烏絲。更琱戈鐵甲，海水莽群飛。斜日城西。聽鵑啼。念中原事。紛旒贅。蠻觸戲。等兒嬉。珠囊棄。金甌碎。草萋萋。霸圖非。訶壁天沉醉。新亭淚。不須揮。浮生計。蒓鱸味。芰荷衣。他日登臨，重過琴尊地。應夢元暉。但吳雲燕樹，相望感分攜。話舊苔磯。」〈迷神引〉云：「鶗鴂催人園芳晚，嫩綠小紅都換。高樓景物，惱傷春眼。綺羅叢，登臨地，絮塵亂。誰奏銅鞮曲，鎮淒怨。惆悵城鴉起，畫驄斷。萬感尊前，向此哀多難。說碧山遙，滄溟淺。過江群屐，早蘦落，如煙散。霸才空，年涯老，楚歌變，殘酒燈窗側，聞去雁。驚心淮南北，尚征戰。」

〈河瀆神〉四首，其一云：「河上木蘭祠。廟門雨打豐碑。野鴉銜肉上階飛。社鼓春燈賽旗。匣中先輩三尺水。雷淵曾斬龍子。眼看白虹貫壘。薜蘿匿笑山鬼。」其二云：「蒿里鬼稱雄。神幡夜照虛空。五千貂錦化沙蟲。更結盂蘭法宮。海子河燈光似斗。一花一葉一藕。金粟禮魂歸後。亂蟬咽露高柳。」其三云：「當戶九張機。蘭芝別母歸時。人間天上總相違。孔雀東南自飛。道逢女巫花插首。水沉香噴金獸。明星熒熒渡口。河伯今夕娶婦。」其四云：「叢竹鷓鴣啼。望裡黃陵九疑。秋風嫋嫋被江籬。日暮巫陽致詞。湘水東流愁不息。大江戈艦蔽日。千古周郎赤壁。怒濤一夕頭白。」諸詞雄渾醞藉，兼而有之，洵倚聲家之上乘也。

汪憬吾

番禺汪兆鏞憬吾，先世世居山陰，遊宦海南，遂占其籍。辛亥後，定跡遠屏，閉戶撰述，所著有《雨屋深燈詞》。其尊翁與先叔子新公在粵，往還至密。曩年憬吾歸越修墓，道經滬上，得與握手，亟道先世交誼，語摯情深，貌溫而粹，望而知為績學之耆舊也。曾為余賦〈三部樂・次夢窗韻題填詞圖〉。詞云：「寒臥荒江，似怨女自憐，頓忘膏沐。九歌山鬼，託意蓀橈荷屋。更回睇穨照荊駞，料對春濺淚，韻吟哀玉。紫簫咽苦，未是逐波歡曲。幾回把劍摩挲，早判老去，向岫盟谿宿。忍看霧迷敗甃，霜欺涼燭。夢匡廬載愁萬斛。肝肺洗清湍手掬。空際傳恨，苔箋膩窗檠搖綠。」〈追紀廣州承平時燈事・少年遊〉云：「金荷銀樹繡珠香。燈事記閒坊。一樣東風，鶯簾燕戶，都戀春光。十年今夕叢祠路，暮雨暗恍郴。隔籬有客，白頭相對，共話滄桑。」〈辛酉四月六十一度初度感賦・水調歌頭〉云：「萬物一芻狗，何有此形骸。況是餘生多病，早分臥蒿萊。不識論功管晏，不識寓言莊列，那復識鄒枚。但撫此心在，眼底盡塵埃。禹穴石，聖湖水，幾徘徊。剎那都已陳跡，涼夢問蒼苔。自署乖崖愚谷，盡笑聾丞蓉叟，評泊不須猜。古語壽多辱，感慨賦深杯。」其詞致力姜、辛，自摛懷抱，其品概亦今日之酈湛若也。

姚景之

吳興姚肇菘景之，王半塘之侄壻也。其兄旋椿與余為甲午同歲生。景之遊宦吾鄉，余沉滯吳越，未與相識。頃年避地夷市，始相往還。平昔論詞，墨守四聲，不稍假借，於近人尤服膺新會陳洵述叔。嘗與論樂工所謂律，不在四聲，求詞之佳，在人品學力，見解氣概，務其細而遺其大，非士大夫之所為也。亦韙余言而好為其難，一詞出，輒數易字而卒就妥帖，固難能也。

〈雨霽陪半塘老人登平山堂・浪淘沙慢〉云：「斷霞映川原媚晚，霽景秋闊。楓驛哀蟬乍咽。殘虹過雨旋沒。看入暮吳天嵐影接。送清聽隣杵鐘發。向倦旅關河，賦情遠、微吟散林樾。幽絕。上樓望眼愁豁。歎寺古僧殘，淒涼事、渺渺閒問佛。思勝概當年，歡宴雲熱。俊遊頓歇。尋舊題、平擥虛堂風月。休怨江南輕離別。憑闌指、數峰翠抹。鬢絲短、滄桑驚暗閱。記歸路、獨數征鴻悵恨結。潭煙攬夢寒千疊。」〈歲旦・塞垣春和夢窗韻〉云：「地僻春拘管。媚曉霽，東風暖。泥痕活草，岸容舒柳，嬌鳥千囀。對綠窗、醉泛紅螺琖。愛擢秀，蘭芽短。候雲輿元君杳，碧霄此望寥遠。身世老滄江，歎一繫扁舟，殘釣荒岸。夢落楚天遙，笑孤寄如燕。念花朋酒伴，惆悵年時換。歌蟬不相見。初日映釵股，畫樓餘寒淺。」

〈盆蘭・瑞鶴仙〉云：「晴薰珠翠暖。媚璚姿娟潔，清華池畹。新妝困春晚。伴簾櫳朝暮，倩魂疑見。光風蕙轉。話同心、芳言細款。怕無端、桃李逢迎，一夕鏡瀾愁變。淒斷。璇閨香夢，背結流蘇，黯調箏雁。空山意遠。驚時序，暗中換。便仙姝紉佩，珠宮宵叩，休問雙蛾黛展。奈離悰訴與殘燈，峭寒勝剪。」〈新柳・蘭陵王和清真韻〉云：「大堤直。荑柳和煙暈碧。蘼蕪路、青到幾程，金縷輕柔弄晴色。啼鵑戀故園。還識。章臺舊客。江亭暮、回望斷腸，牽得垂絲罥千尺。尋春悵無跡。但雨暗桃谿，風颺苔席。年年歸計先寒食。看落絮飛燕，暝陰嘶馬，離悰凌亂記斷驛。倦程厭南北。惻惻。膩愁積。漫別酒筵虛，顰黛樓寂。韶華轉眼風流極。聽薄暮漁浦，釣篷飄笛。鷗波如畫，翠線舞，帶露滴。」夢窗七寶樓臺，自古騰誚，然古芬披挹，固詞中之長吉體也。

呂貞伯

德化呂傳元貞伯，吾友鹿笙之子也。姿年篤學，為吾鄉後起之秀。〈山居望月・解連環〉云：「冷雲千結。歎東風底事，蕩成浮碧。帶幾點濃暈眉峰，又流照怨蛾，乍窺天隙。縹緲瓊樓，有人倚斷歌瑤笛。整芳襟酒醒，料理閒情，總成愁憶。青鸞漫傳信息。悵吳天綺夢，拚忍輕擲。占一宵鏡裡清輝，忍負了尊邊，襪羅塵澀。拍損危闌，只惱恨、玉簫人隔。倚殘更、亂山送影，霧鬟盡濕。」〈八聲甘州〉云：「傍孤巒一角擁危樓，涓涓聽泉聲。信高寒難遣，安排杯酒，閒理塵襟。倦對琅玕幻影，蕩漾綺窗明。還惜蕭疏意，禁得沉吟。休恨天風吹渺，指畫螺缺處，萬疊雲生。更炊煙催暝，愁思滿青屏。贉遠峰低鬟橫翠，送半彎眉嫵忒多情。闌干畔，別懷千繞，蟾影輕盈。」〈鷓鴣天〉云：「獨坐雲窗到五更。纏綿芳思夢難成。疏花幻影春難定，玉笛飄聲恨未平。消薄酒，動孤吟。等閒惆悵過清明。愁深滄海寧能測，萬一姮娥證舊盟。」〈采桑子〉云：「低鬟淺著春山面，拂拭嬌雲。幾種愁根。點檢釵梁認舊痕。梨花落盡闌干瘦，獨閉重門。容易黃昏。冷峭吟懷借酒溫。」〈鬲溪梅〉云：「倚闌一晌斂輕顰。翠眉新。強整輕裳羅帶，踘香塵。乍回婀娜身。落花風急歎飄茵。鎮愁人。點檢芳時尊酒，莫因循。與君同惜春。」諸詞皆具天生吐屬，已能脫去凡近，而入詞人清麗之境也。

葉遐庵

番禺葉玉甫恭綽，亦號遐庵，蘭臺先生之孫也。幼隨父仲鸞太守於南昌官所，與余為總角交。年十六七即能詞，萍鄉文芸閣學士廷式極歎賞之。芸閣詞宗蘇辛，玉甫嘗為余言：「近代詞學辛者尚有之，能近蘇者惟芸閣一人耳。」余謂：「學辛得其豪放者易，得其穠麗者罕。蘇則純乎士大夫之吐屬，豪而不縱，是清麗，非徒穠麗也。」玉甫之詞，極近此派。

〈遊勞山・渡江雲〉云：「連山青插海，畫屏九疊，嵐影亂雯華。萬松開紺宇，依約蓬萊，雲外幾人家。瀛洲咫尺，誰與剪、溟渤鯨牙。吼怒潮、馮夷如訴，清籟雜悲笳。堪嗟。齊煙氣黯，泰岱雲沉，送黃流日下。問幾時、神山重到，弄水看花。華嚴樓閣憑彈指，休悵恨、殘照西斜。歸路迥，源窮八月仙槎。」〈題張紅薇女士百花卷・蘭陵王〉云：「慢春惜。一片花飛褪碧。金壺裡、依約返生，照海千紅鬧裙屐。風流溯往日。誰識。鷗波妙墨。瑤臺路、撩亂眾芳，春燕秋鴻苦相憶。空中本無色。甚海印生光，彈指成實。雲泥朝市渾如客。任丈室輕散，梵天微笑，華鬘回首幾過翼。好常住常寂。香國。夢曾覓。奈蕙炷霜清，蘿帳塵積。吟風泣露都無力。剩炫晝桃李，弄晴葵麥。青蕪如錦，顧恨影，粉淚漬。」

〈為吳湖帆題所藏隋董美人墓誌・疏影〉云：「武擔片石。認春心蜀道，鵑淚凝碧。瑤軫飄零，羽箭調疏，（蜀王善製琴及弓箭。）剩此可憐殘墨。驚鴻怨寫陳思賦，合纂入梁臺專集。（蜀王有文集）勝雷塘十里荒阡，莫問玉鉤遺跡。堪歎楊花委地，洛川餘墜羽，猶伴書客。鏡黛塵凝，砌草霜清，漫想舊時顏色。穠華朝露庸非福，恨少個阿雲同歷。（阿雲太子勇之孌妾。）祇深情、刻骨難銷，短夢低徊今昔。」

黃匑庵

閩縣黃公渚孝紓，亦號匑庵，著有《碧虛簃詩詞》，兼工駢散文，善繪畫。其詞懷抱珠玉。胎息騷雅，年力甚富，當進而頡頏叔問也。〈夏夜枕上聞雨聲寄懷隀弟用清真韻•玲瓏四犯〉云：「淅瀝梧階黯。簌簌釭花，初吐丹豔。冷逼瓊樓，應損影娥豐臉。欹枕夜聽荒雞，試起舞。壯懷凌亂。料曉來、時序都換。遮莫陸沉驚見。夜深涼透紅蕤薦。鎮銷凝、舞蕙歌蒨。蕭蕭忍憶吳娘曲，啼淚傷心眼。怊悵剪燭舊情，賸數盡、銀虬殘點。縱夢魂歸去，愁一縷，風吹散。」〈遊拙政園•西河〉云：「觴詠地。重來自異人世。危樓輕命倚。黃昏晚霞繢霽。枯桑覆瓦雨聲乾，殘陽遙掛林際。斷橋畔，空徙倚。盈盈愁鑒池水。蕭疏鬢影對西風，暗尋影事。寶珠閱世已陳芳，尋花還瀉清淚。歌臺舞榭勝國寺。黯銷凝、何限羅綺。怕聽梵音淒厲。歎龍華小劫，推排百計。愁入西郎秋聲裡。」

〈重遊怡園・湘春夜月〉云：「近重陽。曉楓初試明妝。屈指爛錦年華，輕換了悲涼。憔悴砌花相伴，賸數枝延蝶，猶弄孤芳。念天涯人去，尋春斷句，慵檢奚囊。虛廊佇立，風荷自語，愁近昏黃。齊女門東，有舊日、盈盈蟾影，識我清狂。歌離弔夢，又笛聲、吹度高牆。悵望處。縱招攜芳稍，也應不暖，心上秋霜。」〈南鄉子〉云：「落葉下如潮。風雨連宵意已銷。何況重陽時節近，憑高。恨水顰山見六朝。哀雁畣長謠。歡計因循負酒瓢。心事瞢騰殘照外，蕭蕭。留得寒蟬是柳條。」〈浣溪沙〉云：「隔院風吹按曲聲。酴醾如雪撲簾旌。就花作達故生矜。薄醉政能商美睡，苦吟兼可遣浮生。廿年心事對孤燈。」〈鷓鴣天〉云：「聘月高樓炙玉笙。歡叢長記繡春亭。曲翻玉茗歌猶咽，尊倒銀蕉酒不停。心上事，負多生。燭奴相伴淚縱橫。高邱終古哀無女，淒訴回風一往情。」

諸貞長

山陰諸真長太守宗元，亦號大至，筆札雅馴，詩文淵懿。隨先世遊幕江右，墳墓廬宅，均在南昌，等於占籍。其言語猶操吾鄉土音。與余為三十餘年文字交遊，聚首未嘗稍間。去年春初，一病不起。其杭寓又於前數年被焚，遺著悉付一炬。頃友人為搜集遺詩，得小詞數闋。生平自以不善倚聲，未嘗出以示余，而余亦不知其能詞也。

〈寒夜同儆廬市行・減字木蘭花〉其一云：「相忘形跡。落佩倒冠誰主客。不問鶯花。各挾奇書過酒家。年時蟬鬢。巷陌經行還強認。道遇驚鴻。洛浦微波謾許通。」其二云：「誰相蹤跡。稷下夷門曾結客。老去看花。豈是公羊賣餅家。自憐華鬢。急就凡將差再認。甘作冥鴻。記取江流到海通。」其三云：「吟蓁苔跡。連騎到門無劍客。竹外梅花。行過西泠話故家。茶煙颺鬢。記取枯禪曾共認。去雁來鴻。任隔屏山夢不通。」其四云：「眼前陳跡。學得香山身是客。絮絮花花。莫笑春風在別家。朱顏青鬢。收拾童心非錯認。終勝盧鴻。往返山林尚自通。」

〈為旭初題臺城一角畫扇・點絳唇〉云：「落日平蕪，江山坐老英雄氣。古人何意。防亂留都揭。漸熄笙歌，大小長干里。秋如此。問秋深矣。秋在臺城里。」〈寫挹仙峰夜遊詩送笙伯行並賦・水調歌頭〉云：「過雨四山靜，星斗掛城頭。孤峰邀我吟眺，何必問更籌。催起一丸涼月，朗若照人冰雪，縹緲倚危樓。江影淨如練，為客送離愁。奈何許，衣帶水，阻輕舟。君偏乘興，明日作南遊。莫唱渭城之曲，更憶山陰之棹，前事去悠悠。臨別語珍重，青鬢不禁秋。」諸詞亦疏宕可喜也。

王半塘

臨桂王佑遐給諫鵬運，亦號半塘，又號鶩翁，罷官後主講維揚，光緒甲辰，客遊蘇州，歿於拙政園。歸安朱古微侍郎祖謀為刊《半塘定稿》於廣州，今所傳者惟此，乃其自定本也。其詞分甲、乙、丙、丁、戊、己、庚、辛八稿，《定稿》選自乙稿始。余家惟有丙稿《味梨集》，乃庚稿《庚子秋詞》、《春蟄吟》單行本。其乙稿之《袖墨集》、《蟲秋集》，丁稿《鶩翁集》，戊稿《蜩知集》，己稿《校夢龕集》，辛稿《南潛集》，皆未之見。頃姚君景之錄示〈鷰山溪〉詞，係癸卯三月赴南昌望廬山作，蓋《南潛集》中詞，定稿所未錄也。詞云：「浪花飛雪，春到重湖晚。風壓舵樓，煙颶船脣，乍舒還捲。漁樵分席，相與本無爭，閒狎取野鷗群，知我忘機慣。看山欹枕，未算遊情倦。九疊錦屏張，尚依約兒時心眼。雲中五老，休笑白頭人，除一角晚峰青，何處尋真面。」此詞亦至清健，而定稿不錄。其《味梨集》、《春蟄吟》，為定稿所摒棄之詞，正自不少。足見去取雖出自作者，亦非無遺珠也。

案半塘老人《校夢龕集》，彊邨先生留有鈔本，擬全部分載本刊。又半塘以不登甲榜，引為大憾。故自編詞集，獨缺甲稿。此言亦得之彊翁云。沐勛附識。

冒疚齋

如皋冒鶴亭同年廣生，亦號疚齋，巢民先生其二十世族祖也。鶴亭最熱於明清間諸老遺事，其詞亦宗竹垞迦陵，旨趣與余絕異。尊前辨難，輒不相下。然每經一度商榷，轉益相親。其題余填詞圖〈用王通叟韻・天香〉云：「天水名公，金源作者，詞壇領袖多少。砌寶樓臺，搓橙院落，此境幾人能到。偷聲減字，分與寸、商量不了。秦柳幾為世棄，姜張猶道家小。天公被他奪巧。正江南亂鶯芳草。畫出軼倫髯也，扇巾談笑。一事為君絕倒。都未怕、尊前被花惱。依樣胡盧，迦陵也好。」蓋譏余不喜迦陵，而又效迦陵所為，而有此填詞圖也。此詞風致絕佳，置之迦陵集中，殆不能辨。宋詞少游、耆卿、清真、白石，皆余所宗尚。夢窗過澀，玉田稍滑，余不盡取。謂余棄秦柳，小姜張，則冤矣。

頃復得其近詞數闋，流麗清俊，如珠走盤。近人詞多極端趨向澀體，守律過嚴，病在沉晦。此派固亦不可少者。〈江城・梅花引〉云：「自澆杯酒自填詞。界烏絲。寫烏絲。寫到腸迴氣盪沒人知。不信愁多人易老，才一夜，褪容光，減帶圍。帶圍帶圍念前時。春已歸。花又飛。望也望也，望不見油壁車兒。今夕淚珠，瞞不過羅衣。惟有藥煙籠滿院，人病臥，冷清清，繡簾垂。」其二云：「繡衾推了倚屏山。解連環。鎖連環。算是相思，長日不曾閒。生恐鯉魚書不到，書到也，又愁他，損玉顏。玉顏玉顏在長干。見也難。別也難。夢也夢也，夢不到樓下雕欄。又是燈昏，又是燈昏，又是五更寒。又是退紅簾子外，無賴月，照愁人，鬢成斑。」

〈踏莎行〉云：「月墮花初，夢回酒後。迢迢數盡長更漏。待拋前事不思量，無端心上來偏又。道是緣慳，因何巧湊。眾中一見親如舊。幾番欲說又還休，問他持底償人瘦。」〈浣溪沙〉云：「記得麻姑降蔡家。偶因眉語臉生霞。卻將纖手綠橙誇。幾陣落梧風颭颭，一條芳草路斜斜。這回望斷七香車。」〈摸魚子〉云：「早安排、聽歌清淚，今宵添助愁賦。十郎薄倖三郎醉，一樣可憐兒女。離恨苦。渾不道、天涯即在門前路。錦屏寄語。便海樣黃金，韶華可惜，難買好春駐。邯鄲道，富貴黃粱久悟。依然癡夢無據。相逢都道神仙好。畢竟道山何處。君且住。須換了輕容，衣薄妨多露。琵琶罷訴。又畫舫燈收，嚴城鼓急，缺月四更吐。」〈荷花生日自後湖夜歸・虞美人〉云：「馬蹄路滑行人靜。忽漫心頭省。風裳水佩怪相招。忘卻荷花生日是今朝。近來情緒添潦倒。說與花知道。為花推枕起填詞。未到曉鐘猶是不曾遲。」

吳湖帆

吳縣吳湖帆萬亦號醜簃，愙齋中丞之孫也。工丹青，精鑒藏，其題詠畫幀，多為集句詞，名曰《聯珠集》，余嘗序之，以元趙子昂、吳仲圭為比，蓋皆畫家能詞者。頃年與聊詞社，兼為畫友，得讀其集，其嚴格守律，仍能出之天然，洵詞家之上乘也。〈題吳瞿安霜厓填詞圖次夢窗韻・高山流水〉云：「謾吹玉笛倚西風。看尊前瓊樹青蔥。塵世幾知音，空教送目飛鴻。留連處、唾碧吟紅。愁懷感，春思三源瀉峽，澹日房櫳。更凌雲氣概，獨酌萬花濃。胸中。新詞乍填就，翻別調、換羽移宮。人海小，園林冷月，遍照香茸。問旗亭、賭句誰工。玉山倒，休論文章九命，食（去）粟千鍾。對懸厓淺醉，霜葉笑人慵。」〈新柳次清真韻・蘭陵王〉云：「曉煙直。嬌眼枝頭蘸碧。

章臺畔、微綻淺黃，不比隋隄舊顏色。（應是雙曳頭不知公謂何如）春深記上國。應識。南都送客。拋紅淚、攀盡萬條，難織離情恨盈尺。風流語陳跡。羨老監書壇，京兆眉席。當門蘇小慵眠食。思夾岸花麗，憑闌人損，青驄何處繫畫驛。佇官路南北。寒惻。故愁積。正蜨舞猶稀，鶯囀還寂。樓頭宛轉魂消極。況白下輕舸，渭城長笛。清明時近，怕細雨，夜夜滴。」

〈過淮張故宮・六州歌頭〉云：「齊雲夜燼，春夢醒倉皇。當年事，孤城上，戰雲黃。麗娃鄉。煙鎖吳宮樹，試重認，淘沙骨，悲壯士，埋香塚，泣紅妝。玉管吹花，北郭青山外，虹月橋長。聽哀鵑啼血，燕子說尋常。衰草千將。水滄浪。記隆安劍，七姬帨，鬚眉氣，愧潘郎。嗟建業，南朝恨，共齊梁。且思量。鐙火秋宵裡，尚然遍，九衢香。天定數，非人力，孰彭殤。一（去）例銷沉今古，都拚付、細雨斜陽。任苔華碎影，淒點舊宮牆。枉斷人腸。」〈題葉玉甫遐庵夢憶圖・華胥引〉云：「穠華朝露，今昔低回，怨懷似說。畫角黃昏，青燈黯淡愁萬疊。憶到斜日西山，付野煙微抹。寒食東風，斷腸芳草啼鴂。花外魂歸，問離情甚時悽切。小簾搖曳，驚聽敲窗亂葉。可許今宵重夢，賸半弓殘月。倫理相思，鳳箋和淚盈篋。」

夏瞿禪

永嘉夏瞿禪承燾，深於詞學，考據精審，著有《白石道人歌曲旁譜考證》、《白石歌曲旁譜辨》。其詞穠麗密緻，符合軌則，蓋浙中後起之秀也。〈秦望山‧水龍吟〉云：「亂鶯換了春聲，客愁漸怕危闌憑。垂楊西北，千紅一瞬，啼鵑怎聽。渡海哀笳，過江吟卷，還同高詠。念吟嬋自忍，看天涙眼，年年向，尊前醒。下界浮雲無定。當張筵、崑崙絕頂。滄洲回望，扇塵乍斂，頹陽易暝。煙艇呼漚，水樓傳盞，且遲清興。恐江城入暮，魚龍風惡，又寒潮打。」〈桐廬作‧浪淘沙〉云：「萬象掛空明。秋欲三更。短篷搖夢過江城。可惜層樓無鐵笛，負我詩成。杯酒勸長星。高詠誰聽。此間無地著浮名。一雁不飛鐘未動，只有灘聲。」二詞皆絕去凡響，足以表見其襟概。

張次珊

張次珊通參歿後，其乙巳以後詞，遂散逸不知所往。余前記其〈花步餞春．一萼紅〉一闋，頃又於故紙堆中檢得〈詠水仙花依清真韻．解連環〉一闋，詞云：「寸波難託。散湘雲萬疊，盪愁天邈。耐夜久燈影差偎，漸寒沁斷簪，弄妝鉛薄。鳳譜漂零，任輸與玉奴弦索。漾春容片玉，比似素娥，只欠靈藥。孤芳歲寒自若。閉重門夢醒，香褪闌角。便換得明日東風，忍一縷冰魂，為伊消卻。顧影清漪，淡蹙損雙彎眉萼。悔多情珮環誤解，淚花碎落。」

劉麟生

廬江劉錫之觀察體藩，文莊公仲良制軍之侄，勤學篤志，辛亥後棄官僑寓海上，以吟詠自娛。五言工煉，得謝鮑之清新。曩於海藏席上，屢屢見之，昨年過從遂密。一日，在陳鶴柴席上，識其郎君麟生宣閣，出小詞見示，至為清婉。頃復寄贈所選《詞絜》，序例力主修詞自然，可稱辯通曉術。〈玄武湖・滿庭芳〉云：「碎影橫波，幽香拂晚，夢回幾度遊車。醉欹湖艇，人語暮煙斜。亂入芙蕖陣裡，涼颸過時鬧新蛙。深沉夜，輕橈競泛，知傍阿誰家。歸來棲海國，舊時芳思，不到天涯。想牽裳翠蓋，仍舞年華。惜取無塵玉宇，怕片時還被雲遮。相將去，一枝蘸水，留作玉壺花。」斷句如〈桐江歸舟・浣溪沙〉云：「一曲桐江一曲秋。扁舟一掠似輕鷗，一山過去一山浮。」連用五一字，卻不失於輕滑也。

易實甫

漢壽易實甫觀察順鼎，文思泉湧，下筆驚人。晚年潦倒故都，有「江淹才盡」之歎。江夏樊樊山曾目為六十歲神童，以相譏諷。樊山文詞豔冶，至老猶然。一時同輩，因亦目為八十歲美女，以為對值。然實甫詩詞，多可傳之作，文品實較樊山為高。歿後，寧鄉程子大太守頌萬，將為刊行遺集，未果而子大遽歿。其生前自刊詩詞，傳本絕稀，亦文人之厄運也。余篋中有其手書〈和裹碧用清真韻・還京樂〉一闋，詞云：「故人老，太息詩筒酒榼誰料理。恁怨長輕絕，登高望遠，疏麻還費。正素波無際。秋風啼鴂芳蘭委。笑廿載還未灑盡少年時淚。舊時花底。有吹笙儔侶。而今綠鬢絲絲，禪榻況味。都拚豔骨埋香，把春光盡付桃李。祇安排斷井頹垣，殘山剩水。為語南飛翼，穿雲先說憔悴。」

陳臞庵

長沙陳伯平中丞啟泰，亦號臞庵，工填詞。往年於其壻徐紹周楨立齋中，見遺詞一卷，為幕客肅寧劉潤琴殿撰，春霖所楷寫，紹周攜以歸湘，惜未及轉錄數闋。余入蘇撫部幕，為中丞所辟。時中丞已臥病，未嘗執詞為摯也。初中丞首賦〈枇杷詞〉，歸安朱古微侍郎祖謀，及叔問舍人，次珊通參，伯弢太令，皆有和作，余獨無以繼聲。及中丞下世，古微侍郎賦〈華胥引〉詞，題為「重午感舊」，伯弢與余同賦，蓋皆追悼中丞之作也。

古微詞云：「新苔凝礎，閒雀窺幃，澡蘭舊節。晝鼓聲沉，燎爐燗短愁篆結。不信鄰笛驚風，助曉吟淒咽。牆角雙榴，褪紅還上裙褶。梅雨江南，送離魂怨流菰葉。楚雲章句，沉沉秋心半篋。晼晚歸帆何處，恨路長波闊。呵壁荒唐，酹觴清些誰答。」伯弢詞云：「香蒲搖浪，斑竹鳴風，暗驚佳節。亂笛吳城，輕帆楚水歸路絕。獨有高閣清尊，對井梧傷別。頭白賓僚，向來恩怨能說。重過西州，歎轔轔素車催發。錦箋題句，而今塵封半篋。黯黮騷魂招未，指帝鄉披髮。多謝巫陽，大江和淚流闊。」余詞云：「蒲更荒佩，榴蹙愁巾，舊情芳節。水驛鳴笳，風帆載旐吳岸折。便有菰米投江，信臥虬難懾。朱索何功，繭機門巷聲輟。炊黍光陰，念知音素琴先篋。歲寒堂榭，惟有淒涼館月。欲起沉魂魚腹，奈楚繭香歇。為語靈修，悼騷才思今絕。」此詞以初作未工，集中不存。因檢舊稿修改，他日補刊，以誌知遇之感。

黃秋岳

閩縣黃秋岳濬，記問淵博，詩文功力甚深，與長樂梁眾異鴻志齊名。惟素不作詞，閩縣林子有葆恒輯刊閩詞，得眾異幼作數闋，秋岳則付闕如。余頃得其詞二闋，蓋近日始為之也。〈題林子有填詞圖用梅溪韻・秋霽〉一闋云：「錄夢華胥，歎瓦子春聲，頓換秋色。龍漢灰飛，鳳巢痕掃，才人枉費心力。欲行又息。緝茆只照淞碧。念故國。誰道杏梁，雙燕識歸客。瞑想海雨，歲晚飄風，竹窗冥冥，環佩搖寂。甚沈吟箋愁蠹紙，看天惟見種榆白。老我羽商慵記得。最斷腸處，日夜點鬢吳霜，竄身江渚，斂魂山驛。」〈金陵秋雪和清真韻・氐州第一〉云：「殘埭生寒，江墅澹晚，鍾山氣勢都小。不捲簾旌，頻呵硯滴，簷角煙痕縹緲。生白虛庭，便算是冰蟾睒照。一樣淒清，三春漏洩，鬢邊人老。倦旅花悰和睡少。只贏取路迢情繞。昨夜熏篝，明朝翠袖，損玉人懷抱。想樓中欹枕熟，相思夢梨渦印笑。那得歸來，共闌干層瓊映曉。」二詞意味蘊藉，出手即迥不猶人。可證倚聲一道，不必專在詞中致力也。

趙叔雍

武進趙叔雍尊嶽，學詞於臨桂況夔笙舍人周頤，著有《珍重閣詞》。夔笙論詞尤工，所著《蕙風詞話》，精到處透過數層，宜叔雍能傳其衣缽。〈秋泛西溪謁樊榭故宅・一萼紅〉云：「暝煙空。帶寒鴉三兩，雲意淡遙峰。絲釣風微，椿移水淺，倦觴空訴遊蹤。頹垣一角，今古意、寥落村支公。老柳無陰，夕陽如夢，消領疏鐘。無復烏絲紅袖，剩清商鄰笛，憔悴吳儂。鳳紙題殘，翠奩塵掩，白月依舊簾櫳。甚寒蘆能禁秋恨，恨韶華一霎怨霜鴻。依約紅簫淒怨，縈損垂虹。」

〈浣溪沙〉其一云：「馬上牆頭未易酬。傾城容易一凝眸。柳花風裡捲簾鉤。皓腕不勝金斗重，瑤房肯為玉清留。新來王粲怕登樓。」其二云：「夢窄春寬夜漸深。流蘇向曉薄寒侵。一回腸斷一同心。紅雨畫屏應不落，游絲罥戶怕成陰。眉低醽醁不成斟。」其三云：「付與明眸皓齒人。琅玕繡段十分春。柔花風骨玉精神。椒壁香泥紛彔曲，桂堂殘燭黯星辰。那回魂夢最清新。」其四云：「水駟春回未有期。夢中不合種相思。屏山花路夜燈迷。絮閣玉爐慳篆縷，繞隄金勒誤游絲。鳳笙消息早參差。」

陳蒙庵

潮陽陳蒙庵運彰，夔笙舍人之弟子也，著有《紉芳簃詞》三卷。頃見其近詞數闋，造詣益進。〈徵招〉云：「芳塵不度凌波遠，天涯萬重雲水。怨曲倩誰招，送濃春羅綺。玉箏慵自理。更消得曲瓊聲脆。俊約難忘，一襟離思，此時猶是。迢遞數歸鴻，憑分付、偷將翠綃封淚。婉轉說相思，竚雲階月地。玉容明鏡裡。只花也替人憔悴。水熏靜、寂寞良宵，問夢中情味。」〈高溪梅令〉云：「倦看蜂蝶殢牆東。數番風。莫問群芳消息有無中。落花空復紅。別情難遣總愁儂。怕歸鴻。萬一書來辛苦說初逢。夢魂禁不通。」〈浪淘沙〉云：「點點與行行。征雁回翔。秋心不共遠天長。隨分高樓拚一醉，莫滯愁鄉。籬菊獨凌霜。諳盡新涼。相思西北暮雲黃。無雨無風蕭瑟甚，催近重陽。」

張孟劬

嘉興張孟劬太守爾田，績學之士也。著述甚富。曩同需次在吳中，與漚尹侍郎、叔問舍人，過從尤密。辛亥後，閉門不出，其品學皆非予所能及也。所著《遯庵樂府》，漚伊為刊之《滄海遺音》中。余篋中有其詞數闋，為尚未見於《遯庵樂府》者，亟錄於此。〈為友人題盆柏圖・木蘭花慢〉云：「壁間髯翠滴，花浪起，皺鱗生。看霧盎盤虬，月尊酬鶴，慘澹經營。龍孫。古來神物，問九朝曾見泰階平。玉立蒼然不改，歲寒與汝同盟。荒荊。三徑似淵明。風露冷中庭。要著意栽培，筠霜苦節，菊水頹齡。凌霄錦官城外，把蓬萊移在素雲屏。莫笑燕榆晚景，須知江桂冬榮。」〈更漏子〉云：「翠鸞篦，鈿雀扇。巧笑星前誰見。檀注薄，桂膏濃。燈花不斷紅。意先投，腸已亂。寫得山盟一半。樓上月，五更鐘。行雲似夢空。」〈小重山令〉云：「才說歸期未是期。車輪生四角，又天涯。春風青鬢染成絲。長安道，誰榜北山移。人共鳥爭飛。樹頭紅日影，赫如旗。同君何事獨棲棲。江湖手，輸與白鷗知。」〈鷓鴣天〉云：「苦恨佳期說斷腸。未應怊悵抵清狂，蓮舒玉豔勻新彩，梅壓鬟雲惱薄妝。歡夜短，怨年長。半衾閒畫兩鴛鴦。羅衣歸後從教著，多恐經時減舊香。」

楊梓勤

遼陽楊鍾羲太守梓勤，亦字留坨，為八旗知名士。端忠愍督兩江時，梓勤知江寧府。生平訥於語言，然所著《雪橋詩話》凡四續，共四十卷。近代為詩話，未有過之者，筆談固甚豪也。梓勤胸次博雅，尤熟於一代掌故，詩詞均臻上品。〈和約庵・東風第一枝〉云：「朝雨欺寒，夕陰催暝，東風猶勒新暖。盡教閒爇香篝，閣住春衫針線。一年花事，拚遲放幾枝蘭箭。初不道社鼓楓林，容易日斜人散。愁似水并刀難翦。酒如澠提壺休勸。是誰斷送年華，相與急催弦管。重衾醉擁，祇惆悵銅輿夢遠。那堪向易主樓臺，又見定巢語燕。」〈浪淘沙慢〉云：「為春瘦，琴絲倦理，脃管慵炙。鎮日沉陰似墨。東風向晚更劣。正目斷青門芳草隔。惜春意閒裡虛擲。看穠李緋桃自開落，風情黯非昔。凄寂。舊時燕子曾識。問畫棟雕樑營巢處，此日誰主客。空銜盡香泥，痕掃無跡。簾鉤絮徹。當亞闌遍倚落花時節。原自無心江頭楫。輕拋卻海天霽月。能幾日棠梨飛作雪。但追恨種柳陶桓勤攬結。漫天成就春雲熱。」

胡栗長

山陰胡栗長大令穎之，生長江右，余三十年前之舊交也。篤學敦行，工為詩詞。嘗賦全韻詩，依佩文韻，每韻一篇，真能人所不能矣。〈賦白藤花糕用碧山韻・天香〉云：「霜蘸餹餅，雪飛糗粉，晶盤膩滑如水。碧異淘槐，赤殊脯棗，盡許試題糕字。舊京樣巧，細鏤琢還勞玉指。也比餐英飲露，長留齒牙香氣。幾曾伴茶助醉。映銀蟾架高花碎。想見內廚蒸裹，炭爐紅閉。休問豐湖菜美。可敵得蒓羹舊風味。鼓腹歸眠，熏籠繡被。」此亦落落大方，不失之纖巧也。

龍榆生

萬載龍榆生沐勛，吾鄉後起之秀也。父蛻庵先生，與家兄達齋同年鄉舉。榆生初持其師閩縣陳石遺書來晤，坐談之頃，驚其俊才篤學，予曾賦豫章行贈之。朱漚尹亦深相契賞，以校詞雙硯相授，期以傳衣缽也。予復為作上彊邨授硯圖。漚尹臨沒，以遺稿整理梓行為託。今《彊邨遺書》，皆榆生一手任校讎之役。邇年詞學大進，所作已超出流輩。榆生於漚尹雖未有師弟之名，殆如後山瓣香南豐，亦親炙，亦私淑也。

〈癸酉清明過錢武肅祠・陌上花〉云：「丹青遺廟，依然清供，舊時歌管。信美湖煙，消得故王心眼。綠蕪遮斷長隄路、待看翠軿歸緩。羨雙飛蛺蝶，困人天氣，薄寒輕暖。保江山何有，三千勁弩，逆射狂潮東竄。可奈豪情，未抵草薰風軟。陌頭又見花爭發，添了幾重公案。悵魚龍浪起，斜陽一角，逝魂寧返。」〈虎丘送春和清真・掃花遊〉云：「杜鵑迸血，悵蔽野飛紅，引人悽楚。蕩愁萬縷。正倡條怨碧，絮酣蝶舞。夢繞荒邱，數點啼春細雨。信驢去。理落拓舊狂，鞭影知處。芳意能幾許。縱半面關情，總迷征路。黛痕映俎。問蛛絲巧絡，可傳心素。望極平蕪，漸怯蘭成調苦。少延佇。滿池塘競喧蛙鼓。」〈聞汪衮甫下世傷逝・木蘭花慢〉云：「未辦埋憂地，愴身世，戀斜陽。算抗疏功名，籌邊帷幄，幾費周章。滄桑。須臾變景，待彎弓誰與射天狼。萬里星槎浩渺，五更塵夢淒涼。徜徉。去國總情傷。調苦賞音亡。縱湖山信美，琴書自樂，滿鬢清霜。倉皇。海東雲起，話草玄心事劇荒唐。回首河山易色，可能一瞑同忘。」

〈元夕薄醉拈東坡句為起調・水調歌頭〉云：「明月幾時有，大地見光華。笙歌花市如畫，是處殷悽笳。下界漫漫長夜。烈烈霜風飄瓦。眯眼避塵沙。一樣團欒意，要使被荒遐。眾星隱，碧天淨，浩無涯。本來圓缺隨分，後夜莫驚嗟。今夕一輪高掛。照影江山似畫。賸欲醉流霞。更冀清光滿，休放暮雲遮。」〈以新刊《彊邨遺書》寄精衛並媵二詞・減字木蘭花〉云：「平生風義。忍見蕭條人換世。文字因緣。將取騷心到這邊。高歌老矣。嶺表少年天下士。相忘江湖。舊夢迢迢淚眼枯。」「哀時詞賦。怒髮衝冠寧有補。惆悵憑闌。煙柳斜陽帶醉看。謝公再起。知為蒼生霖雨計。直北關山。魂夢飛揚路險難。」

林子有

閩縣林子有提學葆恒，亦字訒庵，文直公之子，沉潛書史，尤耽倚聲。在天津時，招集朋輩作詞作，疊為賡和。邇年來滬，復創漚社，為社中祭酒。〈己巳人日樓白廎宴集・玉燭新〉云：「水生挑菜渚。（東坡人日句。）問欲寄題詩，草堂何處。舊時倦旅，迎年後、第一良宵尊俎。春生杖履。有謝傅襟期飆舉。（是夕螺江太傅在堂。）看四座文采風流，應占德星同聚。觴餘試祓清愁，更拂墨分題，限香拈句。日華共賦。高吟罷。彷彿霓裳重譜。春幡漫舞。且點綴鄉風荊楚。恁客夢飄落梅邊，詩情更苦。」〈豐臺芍藥・憶舊遊〉云：「看金壺細葉，醉露欹紅，無限芳菲。想阿錢仙去，賸香魂縹緲，幻作將離。日晅墜鬟慵整，遲暮怨斜暉。悵繭栗春酣，揚州路遠，衰鬢成絲。逶迤。草橋外，記萬豔翻階，一往尋詩。廿載滄桑恨，問馮莊花詩，強半煙霏。夢痕尚留棼尾，憔悴弄芳姿。歎洧水風流，空餘贈虐適往時。」

〈六月三日與調伯芷升立之重遊八里臺‧點絳唇〉云：「打漿重來，繫船柳岸渾忘暑。斷霞明處。閣住黃昏雨。紺屋千荷，欲住何緣住。吳窰路。載花歸去。新月林間露。」其二云：「落魄江湖，浪遊載酒忘寒暑。芰荷深處。舊雨兼新雨。棖觸前塵，十載京華住。金鼇路。料應重去。淚泫銅仙露。」〈清平樂〉云：「蕉廊涼話。好箇初三夜。新月闌人渾欲下。一抹眉痕難畫。地爐試爇松明。晚風聽取瓶笙。拾得池蓮墮瓣，趁他魚眼初生。」詞皆清聲逸響，饒有韻味。

梁眾異

前記黃秋岳詞，以不得眾異詞為憾。頃見其〈為林訒庵題填詞圖‧祝英臺近〉一闋。詞云：「御爐香，宮柳碧，塵影怕重記。倦旅江南，悽悄少歡意。斷腸廢綠東風，頹陽故國，算贏取酒愁化淚。漫凝睇。只待小閣尋眠，生憎夢牽繫。傳恨空中，無言更憔悴。可憐年少承平，春人俱老，誰會得一襟幽事。」眾異自謂三十年不填詞，頃為訒庵堅索，勉應其請。此詞固不異老手也。予曾在《閩詞鈔》見其數闋，蓋少年所作。

李釋戡

閩縣李釋戡宣倜，拔可同年之從弟也。次玉年伯著有《雙辛夷樓詞》，拔可妹樨清女士著有《花影吹笙室詞》，皆早逝。釋戡父畬曾丈則工為詩。一門詞翰，輝映後先。予以文字因緣，獲交群從。曾〈為樨清女士題花影吹笙室填詞圖•浣溪沙〉云：「鶯舌吹花欲滿枝。遺聲伊鬱影參差。工如秋水衍波詞。能誦清芬分父集，戲翻樂句譜史詩。斷魂長繞柘岡西。」其二云：「嚼徵含宮燭畔人。細調玉琯奏蕤賓。颯然秋上兩眉顰。須曼花中聊示相，芭蕉林裡自觀身。繫匏誰解雅簧溫。」二詞蓋紀實也。

釋戡善為今曲，名伶梅蘭芳所歌天女散花曲，乃釋戡所作。予曾為作握蘭移栽曲圖。頃得其〈歲暮和方回．青玉案〉詞一闋，固極工緻。詞云：「荒陂渺渺青谿路。又迤邐，鍾山去。回首星霜三十度。畫橋朱舫，繡樓金戶。都是銷魂處。蘭釭不管年芳暮。伴著江南斷腸句。舊夢東華寒幾許。凍雲裁玉，亂霙搓絮。那似愁人雨。」又〈滬西春晚同韜園秋岳．蝶戀花〉云：「馳道輕車爭短吹。掠袂飄風，送我投深翠。一邏斜牆緣淺水。秋千架靜藤蘿墜。細草連茵松偃蓋。醉靨蠻楓，嬌似垂髫妹。可惜高樓人午睡。等閒閒卻春滋味。」《雙辛夷樓詞》、《花影吹笙室詞》有合刊本。其〈蝶戀花〉有云：「一夕涼飆辭舊暑。颯颯牆蕉，恐是秋來路。」為樨清女士詞中名句，當時傳誦，稱之為李牆蕉云。

左幼聯

予繼室左淑人，諱又宜，字幼聯，湘陰太傅文襄公之女孫，子建府君之長女也。文襄娶於湘潭周氏，諱詒端，字筠心。母王氏，能詩。文襄為刊《慈雲閣詩鈔》，序稱之為慈雲老人。《慈雲閣詩鈔》者，彙刊慈雲老人以下諸女子所著詩也。慈雲老人詩，僅存四十篇，冠其首。《飾性齋遺稿》，筠心夫人著。《靜一齋詩草》，筠心夫人妹歸張氏茹馨夫人著。《冷香齋詩草》，筠心夫人姪女歸徐氏德媗夫人著。《小石屋詩草》，歸陶氏慎娟夫人著。《綺蘭室詩草》，靜齋女士著。《瓊華閣詩草》，歸黎氏湘娵夫人著。《淡如遺詩》歸周氏少華夫人著。皆文襄女。《靜一》、《冷香》二稿，則附以詞，乃閨襜中之聯珠集也。淑人能詩詞，蓋承諸家學。嘗賦漁父詞戲予，調寄〈漁家傲〉。詞云：「漁父生涯眠起早。空江一棹蒼蒼曉。汀岸蒙茸新長草。行處好。嘯聲驚起迴環島。年少煙波鷗鷺渺。五湖倏忽扁舟老。酹酒鳴榔天一笑。鼂也釣。醉餘不畏蛟龍惱。」予答以〈漁婦〉詞云：「漁婦柳陰炊飯早。一輪赤日滄浪曉。雙槳撥開汀岸草。沙際好。榜歌驚起鴛鴦鳥。四顧茫茫天渺渺。航頭航尾煙波老。蓬髮不梳君莫笑。終日釣。澄江何處容煩惱。」今淑人歿已二十三年矣。江湖滿地，無釣遊所，徒有前塵影事，未能忘情耳。

皮鹿門

善化皮鹿門師錫瑞，為清代殿後經師。予受業於門下，凡十年，所得問學門徑，皆師所授。師亦為先君子門下士。其主講江西經訓書院，偶亦課生徒以詞。師著有《師伏堂集》，凡文四卷，詩六卷，詠史詩一卷，詞一卷。集中有〈和予秋感・沁園春〉云：「風景如斯，臨水登山，豈不快哉。問騷人何意，先悲九辨，靈均已死，尚鬱孤懷。蟀語西堂，波飛北渚，都付秋墳鬼唱哀。涼聲起，又窗鳴破紙，葉打空階。堪嗟堪矣吾衰。覺白日堂堂不再來。料封侯無分，虎頭將老，干霄有氣，龍劍猶埋。鏡裡清霜，燈前細雨，放眼誰為天下才。君知否，正三壺盈尺，東海如杯。」又和予〈藕絲・齊天樂〉云：「珠盤瀉露難穿線，纖纖弱縷清絕。欲斷還連，將縈又拂，正好納涼時節。佳人手折。趁落日輕風，自調冰雪。玉腕玲瓏，瓊枝相比更瑩潔。璇宮瑤杵未歇。問支機石贈，心向誰結。蠶室春愁，鮫人夜笑，縱倚并刀難截。相思漫說。有萬種纏綿，莫教輕洩。一點靈犀，恐秋來更熱。」予二詞皆在書院應試之作，今稿不存矣。

師又有〈和宋人詠物〉詞四闋，今集中祇存〈齊天樂・賦蟬〉一闋。〈賦白蓮・水龍吟〉云：「冰肌何太清涼，玉妃驚破紅塵夢。凌波微步，凝脂洗出，五銖衣重。無情有憾，風清月曉，靈根誰種。似蛾眉淡掃，鄰娃著粉，欲窺見，牆東宋。西子苦心暗捧。望天邊菱歌聲動。瑤池宴罷，龍舟回棹，澹香遙送。群仙歸去，蓬蓬雲起，都騎白鳳。笑六郎空倚朱顏，恐辜負，當時寵。」〈賦蓴・摸魚兒〉云：「似田田玉池荷葉，纖痕湖上初裊。高人最惜江鄉味，莫待絲絲秋老。芳信早。同玉膾金齏，俊物宜新芼。水雲夢渺。正翠滑流匙，香清試翦，點點映紅蓼。流年易，僂指西風又到。吳淞一箸堪飽。眼前杯滿名身後，作計誰愚誰巧。君莫笑。看士衡入洛，也說蓴羹好。華亭鶴叫。趁冰涎可採，何如歸去，海上狎鷗鳥。」

〈詠蟹・桂枝香〉云：「霜肥稻熟，正新酒菊天，才病都解。好是盈筐綠走，登盤黃賽。持螯豈免庖廚憾，奈尊前未忘狂態。秋風盼到，拍浮船裡，寄懷塵外。歎一蟹何如一蟹。看腹本無腸，身還著介。漫倚干戈甲冑，橫行江海。聊將冷眼閒觀汝，恐彭王晚逢菹醢，一星幽火，請君入甕，難逃紅背。」又和予〈感事・摸魚兒〉云：「問今番海枯石爛，長江天塹何恃。神州赤縣崢嶸甚，愁帶腥膻之氣。君試覷。有碧眼波斯，日夜眈眈視。脂膏盡矣。似軀殼空存，精華坐槁，護疾且醫忌。縱橫處，都是蜃樓海市。一方乾淨無地。牽牛借得錢千萬，十二樓臺重起。知甚意。便闥奧門庭，一概容窺伺。鮫人潸淚。正大內笙歌，旁觀痛哭，榻側許酣睡。」又有〈贈文道希學士・念奴嬌〉詞，集中亦不載，蓋甲辰刊集時刪棄之矣。道希答詞云：「十三年事，以波流電激，不堪重攬。幾度京華聯客袂，幾度江鄉清讌。虎觀談經，麟臺奏賦，之子瀟湘彥。枯桑海水，近來添入詩卷。呼酒重話離情，簷花糝席，細雨孤鴻遠。君自有琴彈不得，清廟明堂三歎。巾卷充街，金絲在壁，未信功名晚。幽蘭花發，風鳥特地徐轉。」

師所著有《尚書大傳疏證》、《今文尚書疏證》、《孝經鄭注疏證》、《易經通論》、《書經通論》、《詩經通論》、《三禮通論》、《春秋通論》、《春秋講義》、《經學歷史、《王制箋》、《古文尚書冤詞平義》、《聖證論補評》、《六藝論疏證》、《魯禮禘祫義疏證》、《尚書中候疏證》、《鄭志疏證》、《鄭記考證》、《漢碑引經考》、《漢碑引緯考》、《師伏堂筆記》。平生精力，用於說經，詩詞特其餘事耳。

蒯禮卿

合肥蒯禮卿京卿光典，著有《金粟齋遺集》。嚮同官金陵時，以所作詩餘見示，予篋中嘗留其所寫詞箋數紙。辛亥蘇寓被竊，亡書數篋，零縑片楮，多隨之散失。今集中衹存詞四闋，其〈青玉案〉三闋，似曾見其二。其一云：「王孫芳草生無數。漸綠遍，長干路。春色匆匆愁裡度。幾番風雨，幾番晴霽，又早遙山暮。青鞋不怕春泥污。紅藥重教曲闌護。細數落花成獨步。自緣山野，不堪廊廟，不是文章誤。」其二云：「鶯聲留我看山久。臨去也，重回首。雖是春光隨處有。暖風輕霧，淡煙疏雨，都在江邊柳。自知不是經綸手。無意封侯印如斗。行樂何須金谷友。只消尋箇，典衣伴侶，同醉金陵酒。」其三云：「五更風雨花如霰。問春在，誰庭院。報導春光浮水面。一雙鸂鶒，數莖芹藻，無數桃花片。武陵溪上東風怨。空趁漁郎再尋便。拋棄已同秋後燕。那知別後，飄飄蕩蕩，這裡重相見。」此第三闋後三句，固非佳語。余友汪允中曾寫以示予，謂為己作，疑非禮卿之詞也。

楊鐵夫

香山楊鐵夫玉銜，吳興林鐵錚鵾翔，皆漚尹侍郎之弟子。鐵夫著有《抱香室詞》，鐵錚著有《半櫻詞》，造詣皆極精深，力避凡近。鐵夫〈和彊邨韻・倦尋芳〉云：「簷陰閣雨，簷隙梳煙庭戶初晚。繞樹歸鴉，戢戢欲棲還散。西崦斜陽鵑鴂苦，東風殘信蘼蕪怨。黯天涯、自王孫去後，帶將春遠。恨阻隔相思官路，望眼周遮，圖畫屏展。蘄簟才親，轉瞬便疏紈扇。湖酒醞嫌紅日薄，榆錢買費青山賤。夢長安、又叢鐘聲聲敲斷。」〈戊辰除夕和夢窗韻・雙雙燕〉云：「詩魂酒債，正檢點年涯，沉沉庭戶。海檀自爇，翠縷拂簾千度。鄰舍笙歌博簺，醉譁在紅樓深處。蕭然四壁琴書，影被青燈留住。慵舉。依粱倦羽。芳訊報初番，試花風雨。迎春燈火，一任九衢歌舞。賸得癡獃意緒。待持向東君分訴。開鏡興闌，懶聽街頭人語。」

鐵錚〈寄費恕皆用夢窗韻・霜花腴〉云：「避煙瘦鶴，傍野梅清癯，倦倚塵冠。人淡於秋，客貧非病，瑤臺夢也通難。帶圍眼寬。拚壯心消得尊前。報花開又閱紅桑，夜窗風雨伴高寒。仙曲世間誰記，算鷦巢一睫，茈共寒蟬。樓閣蓬萊，滄洲身世，清商迸入吟箋。去來畫船。有舊時蟾素娟娟。傲霜姿笑比黃花，晚楓同耐看。」〈度西湖泛舟憩倚虹園・清平樂〉云：「蘭橈去後。人立河橋久。金粉飄零湖亦瘦。花比夕陽紅否。爭如江水多愁。長堤楊柳絲柔。怕有簫聲飛到，玉人何處高樓。」

楊昀谷

新建楊昀谷增犖，與予侄承慶同丁酉鄉舉，詩境在誠齋、放翁間，托意高敻。頃年寓居津沽，貧病交集，竟以客死，甚可哀念。庚子秋有贈予〈孤鸞〉詞一闋。詞云：「補天無石。看恨鎖雲紅，愁凝煙碧。咄咄媧皇，苦費千山尋覓。而今更無尋處，只孤鴻悶依斜日。自向空中寫怨，是怎生消得。歎一絲殘夢不堪摘。待帝網重開，天花四出。欲闖三千界，奈此身無翼。算來六塵影子，但有緣總歸荒澀。認取圓圓果海，記維摩如昔。」昀谷素不作詞，此殆平生僅有。是時予前室陳淑人逝世，蓋寫此以相慰唁也。

胡研孫

成都胡長木延，亦字研孫，光緒間，官江安糧儲道，著有《苾芻館詞》。蜀中多詞人，予所識者，此其一也。〈用美成韻・花犯〉云：「笑頻年浮江泛海，飄零太無味。華旒高綴。愁一載長安，孤負佳麗。堨來孏向晴窗倚。芻泥浪報喜。但鎮日翠篝相對。黃 長擁被。羅幃小開罵春風，輕輕拂翠鬢，教人憔悴。齊著力、催花放，還催花墜。恁高處、偶吟秀句。都沒入、蒼煙殘照裡。問何時、一瓢容我，箕山同飲水。」〈江皐送客用葉夢得韻・竹馬兒〉云：「送君去，門前驪駒小駐，轡絲輕挽。正朝霞映閣，殘月依樹，晴光迷巘。此別重會何年，匆匆一語，眼前人遠。分手獨歸來，賸熒熒殘淚，偷拋階蘚。五月蕉花瘴，干戈滿地，鷓鴣啼晚。綸巾渡瀘都嬾。愁向楓根炊飯。且喜老屋江邊，釣魚招隱，風月吾能辨。羊裘況在，有仙娥相伴。」吾友陳伯弢評其詞，標格在梅溪，玉田之間，往往風流自賞。此語甚當。

趙堯生

榮縣趙堯生侍御熙，壬子來滬，寓於龍華。予因楊昀谷座上，獲奉清談，兼識胡君鐵華，遂有詩篇酬唱。堯生素不作詞，歸里後，於六百日中，成《香宋詞》三卷，丁巳刊於成都。芬芳悱惻，騷雅之遺，固非詹詹小言也。其所賦〈婆羅門令〉題云：「兩月來蜀中化為戰場，又日夜雨聲不絕。楚人云：后土何時而得乾也。山中無歌哭之地，黯此言愁。」詞云：「一番雨滴心兒醉。番番雨便滴心兒碎。雨滴聲聲，都妝在、心兒裡。心上雨、干甚些兒事。今宵滴聲又起。自端陽、已變重陽味。重陽尚許花將息，將睡也、者天氣怎睡。問天老矣。花也知未。雨自聲聲未已。流一汪兒水。是一汪兒淚。」予嘗和之云：「一江水送岷峨外。千江水盡送吳天外。換谷移陵，黃農世、而今壞。波底淚、流與枯桑海。東風雨吹大塊。信茫茫，后土無真宰。荒歌野哭知何所，人未到、有啼鳺先在。夢程柳掃。絮雪如灑。似我萍蹤更怪。拚了傷春債。那盼天象貸。」

周二窗

威遠周岸登道援，亦字二窗，又字北夢。昨年因姚景之，寄予所著《蜀雅》十二卷，《蜀雅別集》二卷。岸登雖曾官江右，予未之常共文讌也。集中有〈東園暝坐用予韻・宴清都〉云：「晝省喧笳鼓。邊風急、窮秋煙暝催暮。蠻薰未洗，吳棉自檢，薄寒珍護。箏弦也識愁端，漸瑟瑟、偷移雁柱。更送冷、敗葉聲乾，敲窗點點如雨。琴心寄遠難憑，孫源閒蜀，巴水連楚。流波斷錦，孤衾怨綺，夢抽離緒。寒聾已度關塞，任碎搗繁砧急杵。數麗譙、廿五秋更，烏啼向曙。」岸登才思富麗，亦非餘子可及者。

陳石遺

侯官陳石遺衍，閩之經師，尤以詩名噪海內。其夫人蕭道管子君佩，著有《蕭閒堂詩》、《戴花平安室詞》各一卷。夫人於丁未逝世，石遺作〈蕭閒堂詩三百韻〉，自來悼亡詩，未有如此長篇也。石遺早歲有《朱絲詞》一卷，晚不復作。閩人論前輩詞，惟數又點。不知先生雖不多作，出其餘技，實在又點之上。先生有〈揚州慢〉云：「南浦殘紅，西山冷翠，一舟怎去溫存。自江郎賦別，此恨算重論。望烽火、鄉關照澈，酒旗歌扇，消歇芳尊。已全家兒女，片帆來掛荊門。自來俊賞，總牽纏、哀感餘根。把白練裙題，紫羅囊佩，併與銷魂。寂寞鷗波門館，花無主、蝶夢黃昏。有溪流和淚，潺湲都到江村。」〈賦落梅・蝶戀花〉云：「地近闌干能幾尺。一夜東風，點盡梅花白。只有一窗窗紙隔。不知誰弄江城笛。花氣藥爐多病客。疏影暗香，絕凋今難得。逝水年華看錦瑟。昭君關塞琵琶黑。」蕭夫人〈代石遺題浣芸夫畫石榴紈扇・菩薩蠻〉云：「紅巾半吐新妝束。一時扇手渾如玉。玉局賀新涼。天然粉本張。石家來醋醋。十八姨休妒。愛惜豔陽天。人生此盛年。」

王壬秋　楊蓬海　陶子縝

光緒間，先君子官湖南糧儲道，重修定王臺，每歲人日，踵姜白石探梅故事，必有賦詠。先君子不作詞，其〈和白石・一萼紅〉詞者，湘潭王壬秋丈闓運、長沙楊蓬海丈恩壽、會稽陶子縝丈方琦。王丈詞云：「漢王宮。正良辰賸賞，荊楚歲華穠。草襯驄嘶，松留鶴守，誰道時序匆匆。入春早商量梅柳，看嫩蕊新綠引東風。花在詩前，雁歸人後，酒滿吟中。懷古感時都罷，喜清時政暇，故國年豐。一水西浮，層陰北望，還見雲樹重重。似今欲歸歸便得，休惆悵寒澗石床東。寄語繁花，明年更映人紅。」

楊丈詞云：「釀濃陰。怪野煙黯淡，一角掩瑤簪。風葉青號，露柯翠泫，古木還更沉沉。看漢代河山半改，賸灌巢哺子集春禽。斑竹兩行，白雲千載，我輩登臨。帝子宮車過處，幾長安極目，親舍傷心。墓草離離，陔蘭寂寂，椒香斷壁難尋。恰正是清明時候，遍人家嫩柳插黃金。待誦蓼莪，隔窗燈火宵深。」

陶丈詞云：「舊臺陰。又新添沼樹，花影映華簪。雪意吹簾，泉光泫竹，芳事多半銷沉。蓼園外前朝琴烏，賸幾處疏檻響寒禽。曲榭東風，散衣仙吏，還自憑臨。長恨草堂天遠，更南雲萬疊，漫寄詩心。湘水蘭根，衡峰雁字，遊跡何處堪尋。幾相憶芙蓉漢苑，翦香採花葉寫泥金。卻喜春城，此時歸騎煙深。」

王丈又有〈探芳信〉詞云：「探梅信，看乍入新年，東風相趁。喜詞人依舊，韶光豔華鬢。幾年人日尋芳約，春早佳期近。更多情逗酒迎香，鬥詩催韻。紅綻。北枝認。似漢月窺簷，湘煙長暈。雲麓臺前，遊屐沿苔璺。登臨共道遨頭好，花與人俱俊。料今年先占，一分春穩。」〈暗香〉云：「漢時月色。向古城一角，長窺詞客。試傍玉梅，歲歲春來探消息。環佩歸時夜冷，料瘦損胡沙天北。又十載蠟屐重經，長嘯楚天碧。南國。遠岑寂。比雪苑兔園，未近鋒鏑。故垣約略，時有幽禽覷苔石。休道長沙地小，長樂外鐘聲堪憶。這冷淡蹤跡處，幾人覓得。」楊丈、陶丈，僅童時曾見之。予後與楊丈子紹六太守逢辰同年鄉舉，同官江蘇。楊丈已前歿，王丈則復先後遇於江寧、北京，獲以文字見賞。楊丈著有《坦園詞》，王丈著有《湘綺樓詞》，陶丈詞詢之紹興人，皆不之知矣。

邵次公

淳安邵次公瑞彭，早年在春音社席上相晤，今二十年不見矣。著有《揚荷集詞》四卷，已行世。次公為詞，宗尚清真，筆力雄健，藻彩豐贍。近自中州寄示所作五詞，則體格又稍變，運用典實，如出自然。博綜經籍之光，油然於詞見之。蓋託體高，乃無所不可耳。〈題羅復戡校原先圖．水調歌頭〉云：「法帖譜東觀，古刻聚南村。多君健筆，掃盡歐趙舊知聞。要把珊瑚鐵鋼，搜取琳瑯金薤，過眼錄煙雲。繭紙護三絕，蟬翼抵千鈞。啟緗函，濡翠墨，拂蒼珉。白虹貫月，不怕猛虎夜敲門。太息韓陵無語，何似秦碑沒字，占斷太山尊。且拭鴒原淚，石上試追魂。」〈癸酉元旦和汪仲虎．慶春宮〉云：「燭外風柔，簾前雪瘦，好春瀲灩嚴城。紅縷堆槃，青旗拂面，夢回爆竹千聲。故王臺榭，漏壺轉、東方未明。求漿難準，起舞空勞，愁到雞鳴。黃河竟待誰清。憑遍危闌，雲漢西橫。匝地煙塵，喧天笳鼓，人投老忘情。歲華依舊，只添得、無端醉醒。草堂今夜，倘為梅花，刻意吟成。」

〈題江慎修先生弄丸圖．行香子〉二闋，其一云：「天地蘧廬。萬物巴苴。東王公大笑投壺。射耀魄寶，縛巨靈胡。問圜在上，矩在下，何為乎。與古為徒。惟道集虛。是先生太極之圖。五德終始，三統乘除。一任人間，銅撾鼓，蠟傳書。」其二云：「黃海天都。黃墩老儒。爇心香百世須臾。禮堂馬鄭，闕里程朱。盡驢齕瓜，魚上竹，鳳棲梧。兩字無無。一臥盱盱。弄泥丸不用洪爐。宜僚縮手，平子回車。比開天經，太平道，果何如。」

郭嘯麓

侯官郭嘯麓提學則澐，娶余僚壻俞階青女，夫婦皆能文章，今之孫子瀟席長真輩也。著有《龍顧山房詩集》，淵茂俊上，蘊蓄雅正。詞三卷，附於詩後，曰《瀟夢》，曰《鏡波》，曰《絮塵》。余嘗謂南宋惟史邦卿《梅溪詞》，為能煉鑄精粹，上比清真，得其大雅，下方夢窗，不傷於澀。今能為《梅溪詞》者，除況夔笙略似之外，厥惟嘯麓。近作〈蒼虬閣試趵突泉・石州慢〉云：「一夢明湖，供與瘦瓢，清伴霜夕。調笙小閣愔愔，韻入松風漂撇。冰甌留賞，只恨渴吻天涯，閒吟長負西泠雪。珍重薦金英，愛巾缾餘洌。憑說。聽猿永夜，浴雁闌秋，舊情悽絕。賜茗重溫，淚斷翦燈時節。虞泉凝睇，便擬喚起潭龍，荒波休信春心歇。破睡更沉吟，照愁眉雙結。」〈舊京海棠秋後重花・天香〉云：「珠佩來初，冰簾捲後，新妝誤著羅綺。走馬今朝，聽鶯前度，總付冷吟閒醉。高樓又近，盡萬感，東皇知未。愁袂新回鏡舞，啼綃早分鉛淚。傷春畫欄更倚。惱秋人、幾番凝睇。消領舊香多少，暮寒如水。凌亂江花夢裡。對紅萼、微吟共憔悴。試弄瓊簫，蝶魂喚起。」

〈寧園紀遊用白石韻・一萼紅〉云：「野亭陰。認藏花徑窈，錦石映斜簪。鷗汊梁通湖，虹橋夾水，煙外荒翠疑沉。畫橈去，清歌未歇，又暮靄，催起蓊波禽。拓地林塘，上梁臺榭，孤感登臨。燕趙客遊偏久，鎮風埃滿眼，蠹損詩心。龍漢身更，鴟夷約誤，歡緒飄雨難尋。且消領，菰蘆晚興，賺漁蓑，新句抵千金。惱煞斜陽，斷紅還印愁深。」〈寧園賞菊・惜黃花慢〉云：「倦舞霓裳。認鈿屏半面，依約蕭娘。畫樓高擁，繡簾未捲，怨怨過雁，惘惘斜陽。瘦魂吹醒西風晚，伴青女，羞整殘妝。念異鄉。俊懷負了，凌亂黃觴。危欄更怯清霜。訝露槃殘淚，分染宮黃。夢痕催換，歲華感寂，多情顧影，何計憐香。醉吟人與秋俱老，故叢淚、千點淒涼。盡斷腸。岸巾笑為花狂。」〈殘梅・四犯翦梅花〉云：「酒潮春澈。夢唐昌寂歷，碎簾香月。約鈿舊寒，怨東風輕別。翻飛楚蝶。話酸苦、綺腸雙結。珠箔歸遲，雲裳解後，翠禽啼歇。冰欄幾回憑熱。認殘妝半面，燈影紅怯。對鏡明朝，怕瓊枝成雪。金衣勸折。盡淒感，箋闌歌咽。麝粉愁新，檀心淚冷，海仙千劫。」

頃又得嘯麓自作詞話二段，亟錄於此。己巳秋，汕之魚者，於谿菁中獲一蟹，長二寸許，色若黃瑪瑙，擴殼晶瑩，映見肌裡。背現美人影，鬟髮垂額，雙手作欲撲狀，其置眼恰在腸穴蠕動處。

漁者注水滿盎，泳蟹其中，影乃益澈。偶一噓吸，則腸穴翕張，眼波流媚，宛如生人。老漁攜來滬上，觀者空巷，獲千金以去。侯疑始名毅客滬，適見之，賦〈摸魚兒〉云：「正秋風、菊螯初薦，馱來天上玉女。無腸慣被呼公子，對鏡驀成鴛侶。移步處。怎禁得、星眸流盼還相顧。兜羅漫舞。更梅額垂雲，螺鬟濕翠，猶帶瘴谿雨。娉婷影，千古蛾眉應妒。金相玉質慵覷，新詩便許坡仙換，忍付辛盤銀箸。神栩栩。渾忘卻、文戈擁劍泥鄉住。狂奴伺汝。怕饞吻偏膏，真教一口，吞向腹中去。」楊苓泉壽枬和云：「最玲瓏、錦匡如繡，來朝合伴龍女。鮫宮鑄出靈娥影，恍睹鬢雲鬟霧。湖上路，笑郭索銀沙也學凌波步。蜒娘細數。看青沫噴珠，素肌擘玉，一一翠笭貯。霜團美，桃葉西風古渡。問誰打槳迎汝。入廚諳得羹湯性，酷愛碧醯紅醋。潮落處。被越網攜來恰配西施乳。鮰陽識否。待左手持螯，好教周昉，寫作蓼塘譜。」郭蟄雲則澐和云：「漾疏燈、翦藻雙影，好風江上吹汝。眉痕偷印漁娘翠，換卻汴宮殘譜。秋夢住。莫夢裡橫行結就芙蓉侶。汀沙夜語。誤落落琴聲，水仙彈罷，涼逗綠蓑雨。弄潮去，何處楓灣蓼溆。梅家風韻重賦。相思那有腸堪斷，回眼茗邊如訴。鴛舸路。笑網得西施還惹吳兒醋。紅衣更嫵。怕流水前身，驚鴻回睇，萬感楚雲暮。」曾次公念聖和云：「蘸蠻溪、一奩秋影，筠笭還載螺女。紺肌慣愛瓊酥膩，黛色慵添眉嫵。調笑處。任牝牡驪黃莫把尖團覷。含情欲語。更纖玉擘霜，頳鬟籠霧，漾眼碧波注。縹緗記，小印楊娃在否。宣和難覓殘譜。相憐幾輩寒蒲束，薦網同登芳俎。饒別趣。看擁劍西堂也學鳩盤舞。小紅喚取。好醉入花瓷，猊糖觳觫，向晚佐春酺。」

河北節署園中，豢白鶴二，相傳為端陶齋所遺。褚某督直，駐兵園中，烹其雌食之，今僅其雄尚存。曾次公念聖佐於少侯幕，暇日行吟園亭間，見而哀之，謚以節園獨鶴，為賦〈絳都春〉云：「仙蓬墜羽。弄煙靄、晚日亭皋微步。小蛻金衣，依約霜翎雲中舉。當年翠蓋西飛路。悵瓊館、鸞韶慳駐。繡楣啼後，新來縞袂，玳筵羞舞。情竚。伶俜苔甃，眄華表、只在譙荒堞暮。鼎脯烹雌，絲雨孤蹤巫峰誤。傷心難問丁沽水。怕照影、翩然驚度。更愁寒入堯年，夢殘怨宇。」郭蟄雲則澐次韻云：「珠林借羽。早綵館夢闌，荒苔妨步。似雠翠眉，啼掩雲羅誰愁侶。分明紫蓋三清路。賸遼海、斜陽教駐。負霜珍重，參差喚起，縞仙殘舞。凝竚。蓬臺又遠，亂蕪外、懶數燕昏鵑暮。迸恨故雌，一別蘭岑嬋娟誤。新寒漫索金衣語。盡惆悵、雕闌前度。明朝說共東坡，怨孤玉宇。」又陳踽公實銘和云：「冷孱素羽。認珠樹舊棲，寒蕪停步。換盡燕巢，只共胎仙成愁侶。瑤臺悵望尋無路。記花外、霓旌虛駐。縞衣修夜，連軒翅矯，為誰鳴舞。延竚。霜翎半改，傍欄畔、弄影冷朝淒暮。怕理夢痕，紫蓋雙飛蹉跎誤。驚雌忍憶湖南語。賸孤零，低徊前度。甚時更唱南飛，放歸玉宇。」節署舊為行宮，辛丑回鑾備駐蹕不果，故詞中寄慨及之。

潘蘭史

番禺潘蘭史徵君飛聲，壯歲遊柏林，歸寄跡南洋群島間，被徵不出。辛亥後，賃廡上海，鬻文為活。今年三月逝世，年七十有三。所著有《飲瓊漿室詞》，余初未之見也。歿前數日，寫示詞十首。來箋謂少時曾刻《海山詞》，作於外洋，《花語詞》、《珠江低唱詞》，又《相思詞》悼亡所作，凡四卷，入《說劍堂集》，板存廣州，不能重印。又在北京有《春明詞》，排板散去。歿後其門人就其家搜集遺稿，則惟《說劍堂詩集》在，其詞稿竟佚去。邇年與予結漚社，月一賦詞，已見《漚社詞鈔》矣。生平老友，性情耿直如蘭史者最可念。歿前寫詞尚在我篋中，檢視不覺淚下也。

〈姚子梁招遊槎上，傍晚移尊猗園賞荷・拋球樂〉云：「滿鏡紅蕖展簟寬。移尊重拾舊清歡。尋香裙釵隔花見，穇玉琴絲和水彈。便托微波語，何必題詩上畫欄。」〈夜過秦淮・浣溪沙〉二闋，其一云：「簾幕驚鴻瞥影過。一彎情碧比銀河。詞人多恨況聞歌。桃葉渡頭期子敬，瓣香裙下屬橫波。滿天風露意如何。」其二云：「欲懺紅禪訪女冠。茅庵孔雀久荒寒。消魂不是舊清歡。一部鶯花原似夢，六朝煙水獨憑闌。琴絲只覓玉京彈。」〈高姬眉子見過，用夢窗韻賦贈・絳都春〉云：「簾痕一線。度繡衩麝香，蝶兒隨遠。人住屧廊，名占蘇臺吳宮苑。為花為月前生怨。付身世、落紅凌亂。畫屏羅帳，深深穩護，海棠庭院。曾見。眉樓訊病，欹鸞枕、細訴枝棲柔倩。松柏誓心，紅淚鮫綃愁相換。圓蟾重照湘蛾面。正銀漢、雙星暗轉。勞他軟語教成，錦茵坐暖。」

〈王清微空山聽雨圖葉南雪師命題‧浪淘沙〉云：「流水遠潺潺。悄掩松關。道心微處一憑闌。塵海本無聽雨地，只合空山。惠麓洗煙鬟。鶴靜猿閒。擬尋卞賽素琴彈。一卷畫圖參上乘，莫落人間。」〈題寇白門小像‧減蘭〉云：「情波半翦。柳下詞箋花下扇。明月金尊。誰識當年寇白門。明珠無價。卻笑蘼蕪輕一嫁。漫訴南朝。零落秦淮舊板橋。」〈月夜重過揚州‧減蘭〉云：「一帆風利。取足秦淮三日醉。宿酒才醒。又逐吹簫過廣陵。腰纏莫問。豈有劉郎才氣盡。如此良宵。何處煙波廿四橋。」〈杏花樓昔年與眉子尋春對酌處‧高陽臺〉云：「破瑟尋鸞，遺釵拾鳳，香塵漸沒仙蹤。文杏仍花，客來已換愁容。芳尊屢導低鬟笑，霎金迷、夢影惺忪。話松陵，老去詞仙，莫過垂虹。蒼顏白髮維摩境，拚散花何礙，玉局緣空。漫說華鬘，天涯雙衛難逢。啼鶯不管人傷別，勸斜陽、冷入簾櫳。算多情，洛浦微波，猶駐驚鴻。」（白髮蒼顏正是維摩境界空方丈散花何礙東坡贈別詞也）

〈題徐積餘小檀欒室校詞圖‧甘州〉云：「記玉臺分韻寫新詞，付與小銀箏。正翠奩研墨，錦箋按譜，一樣關情。消受尊前紅燭，豔影照娉婷。穩聽蘆簾外，湘水秋聲。此日江南倦旅，算曉風殘月，酒夢都醒。費十年心血，收拾眾香亭。（君輯《閨秀詞選》有明一代多取材於《眾香詞》）是斷腸家山愁念，莽天涯歌板共飄零。應同笑，白頭紅袖，換了浮名。」〈賦西湖蓴菜用樊榭韻‧摸魚兒〉云：「蒻湖漪、又勞宋嫂，芳羹調作濃碧。清明才過春三月，那有菱茨收得。隨意摘。要盪三潭著手看風色。晴波淨拭。笑藕較絲長，芹還葉小，情縷也愁織。鄉味好，曾賦秋林琴客。酒酣如酌瓊液。仙城美擅離支菌，合補昌黎南食。秋興寂。但盼到松鱸歸思知何極。此時正憶。借花港漁罶。柳隄蝦斷，多採備晨夕。」

郁葆青　康竹鳴

近得二友，皆工詩能詞，上海郁葆青，南匯康竹鳴年均，陳鶴柴所介紹也。葆青〈天平山看紅葉・滿江紅〉云：「十里吳江，扁舟載一天秋意。停橈處，巉巖初露，豔妝如此。萬笏黛濃霞錦斷，千林紅亂雲嵐碎。莫錯認世外武陵源，天平耳。枝上蝶，閒遊戲。籬下菊，傷憔悴。笑清霜弄巧，染成丹紫。欲倩才人題妙句，但愁遊女縈春思。喜歸途一片夕陽明，都如醉。」竹鳴〈題葉指發山水卷・木蘭花慢〉云：「悄風知我懶，偏吹送，畫圖中。訝落木高岑，鳴榔遠浦，霜染秋濃。枯楓。冷紅倦舞，損玉簪螺髻暮雲重。斜日松間解帶，隔林時對疏鐘。幽悰。待客吳篷。同載酒，去攜笻。奈卷阿吟遍，年芳彈指，鶯老春空。焦桐。為君夜理，笑故山猿鶴隔塵紅。又恐靈衾瀟灑，明朝夢落雲峰。」

李拔可

李拔可同年，素不填詞，頃在北都，見溥心畬畫壁松，忽作〈卜運算元〉一解題之。余笑謂君已發端，此後當作詞矣。其詞云：「舊寺一春花，獨少松千古。驚走旁人出醜枝，倏忽龍鸞舞。老筆健如椽，不露攀髯苦。留取虬柯住世間，遠數橋山祖。」

朱大可

嘉興朱大可奇亦字蓮垞，工詩，甚有學力。近人論詩，能知歐梅妙處者甚罕。大可論詩絕句云：「涪皤俊似江珧柱。坡老鮮於粵荔支。爭識歐梅清苦語，恰如諫果味回時。」鄭海藏在二十年前，極為人道宛陵聖處。至於六一，則始於六七年前譽之。六一詩自較宛陵易知，其清苦處，則亦不易知也。大可亦能詞，有〈甲戌上己巳・慶清朝〉云：「桐乳初垂，柳綿乍褪，春光數到重三。浮杯曲水，漢家故事誰諳。料理輕衫紈扇，尋芳試與過城南。留連處，落英如雨，亂撲征驂。回首十年塵夢，早紅消翠殞，謝了優曇。舊時燕子，向人猶是呢喃。莫訝風情漸減，鬢絲奈已許鬖鬖。歸來晚，一樽花底，愁聽何戡。」

瞿兌之

長沙瞿兌之宣穎，相國文慎公之子也。有〈同曾小魯太平門外看花・青玉案〉云：「早知陌上春猶未。春正在，輕陰裡。無那閒愁須暫寄。相逢把袂，太平門外，好是尋春地。杏花與我同憔悴。淡粉輕籠二三里。寂寞無人開又墜。晚來歸路，兩絲風片，細認愁滋味。」

溥心畬

心畬貝子溥儒，書畫詩詞，為一時懿親之冠。畫宗馬、夏，直逼宋苑，題詠尤美，人品高潔，今之趙子固也。著有《寒玉堂詩餘》。〈題倚樓仕女圖・南浦〉云：「秋雨濕瀟湘，向晚來吹起，滿懷愁緒。轉眼甚堪驚，碧窗寒，年光盡，不見柳花飛絮。樓頭悄立，幽情無限誰能語。霜天欲暮。空惆悵佳期，幾時還遇。朱窗碎玉聲寒，正人倚西樓，雁橫南浦。煙柳漸瀟疏，悲秋意、都付斷煙殘雨。連天草色，開簾日日憑欄處。韶光虛度。空翠袖淒涼，輕寒難禦。」〈題靈光寺遼咸雍塔殘磚・望海潮〉云：「壓塞塞山，凌空孤塔，興亡閱盡年華。滿月金容，莊嚴妙相，無端影滅塵沙。鼙鼓亂紛紛，是何處兵火交加。斷土零煙，有誰憑弔梵王家。荒城古戍鳴笳。見蕭蕭衰柳，落落飛鴉。檢點殘雲，低回片瓦，前朝舊事堪嗟。煙外夕陽斜。歎虛空粉碎，亂眼曇花。攜酒重來，祇餘清淚灑天涯。」

〈暮春西郊・慶春澤〉云：「荒井桃花，平橋苑水，碧天寥闊春深。殘月橫斜，清光猶在疏林。呢喃燕語隨波去，聽宮門法曲仙音。恨難禁。倚遍殘紅，吟遍江潯。潛行況是宮前路，悵池臺春去，歌管聲沉。劫後精藍，是誰猶布黃金。樂遊原上萋萋處，送殘春此日登臨。助悲吟。岸柳園花，掩淚相尋。」〈山中暮春・望江南〉云：「雲影淡，空翠落松壇。紫燕不來春欲老，斷煙零雨杏花寒。春怨正漫漫。」又〈山居〉二闋，其一云：「清磬遠，蕭寺在雲端。翠竹含煙侵佛座，碧松飛雪落松壇。流水石幢寒。」其二云：「斜日落，十里晚楓林。秋色夜生千嶂雨，露華寒點厲家砧。涼意潤絲琴。」〈題畫・北新水令〉云：「西風疏柳帶秋蟬。畫橋邊。綺霞紅亂夕陽寒。照水衰草暮連天。何處裡，笛聲怨。」

〈芍藥・臨江仙〉云：「飛盡落花池上雨，斜陽翦破新晴。碧波搖影不成明。倚闌多少恨，商略繫離情。千轉繞花無一語，玉階彷彿寒生。溪煙淡淡柳青青。六畦春不管，流怨滿蕪城。」〈秋波媚〉云：「雕樑燕語怨東風。小徑墜殘紅。萬點飛花，半簾香雨，飄去無蹤。牽愁楊葉渾難定，春恨竟誰同。黃鶯啼斷，海棠如夢，回首成空。」〈減字木蘭花〉云：「一溪春水。著雨楊花飛不起。寂寞黃昏。年年芳草憶王孫。碧雲吹斷。幾處朱樓鶯語亂。不似殘秋。衰草斜陽易惹愁。」〈浣溪沙〉云：「荒亭落葉雨連宵。何處相尋舊板橋。不堪秋盡水迢迢。樓外夕陽平野渡，寺門衰草記前朝。故宮殘柳日蕭蕭。」

夏午詒

桂陽夏午詒編修壽田，菽軒中丞之子，先世自江西遷湖南，吾宗人也。有〈為鄭叔進題其先德幼惺道使醉攜紅袖看吳鉤圖和王湘綺・采桑子〉二闋。其一云：「太平無事尚書老，閒殺江東。退省從容。贏得騎驢夕照中。粗官畢竟成何事，不是英雄。也解匆匆。只合空山作臥龍。」其二云：「相如未老文君在，負了花枝。愁對金卮。況是江南三月時。家亡國破成詩料，一榻輕颸。兩鬢霜絲。那辨微之與牧之。」幼惺嘗從彭剛直公虎門軍中，法越之役，剛直主戰，疏草出幼惺手。

湘綺原詞，今集中不載，有云：「小姑吟罷英雄老」，指剛直，「微之也解從前誤」，則諷張香濤相國也。

廖懺庵

惠州廖懺庵恩燾，于役古巴有年，有〈遊馬丹薩鐘乳石巖次夢窗陪鶴林先生登袁園韻・西河〉詞，題云：「巖在古巴，距都城二百里，平地下百三十餘尺。道光末葉，吾國人墾地海岸，得隧道叢莽中，告居人，相率持火入。蜿蜒行十餘里，峭壁四起，滴水凝結，累累如貫珠，如玉，作山川神佛珍禽異獸形狀，又肖笙磬琴筑，叩之鏗然有聲，美利堅人沿徑曲折，環以鐵闌，澗谷則架橋通焉，電燈照耀如白晝，洵奇觀矣。相傳巖由海底達美國邊界，迄未能窮其究竟也。」詞云：「煙景霽。鉤藤瘦杖融洩。閒尋禹穴下瑤梯，凍巖滲水。素妝仙女散花回，千燈猿鳥娟麗。繞危檻，看墮蕊。轆羅翦露層碎。晶虬細甲近鄉嬛，洞天似咫。有人擊壤按商歌，鸞簫吹又何世。汞成鶴氅半委地。沁殘雲、雕粉屏綺。壺裡沽春無計。向冰泉試約，長房一醉。青玉簪宜寒光洗。」

《懺庵詞》八卷，已行世。朱漚尹侍郎稱其「驚采奇豔，得於尋常聽睹之外，江山文藻，助其縱橫，幾為倚聲家別開世界。」評許不誣，吾無以易。海外奇景，古今人罕以入詞，此詞序述美得堅人於巖洞布置有方，極可為法。余曩遊荊溪善卷張公二洞，歎為奇境，頗思令遊者能便，而仍不失天然之美。近聞其邑士儲君南強從事開闢，有人工鑿壞天巧之憾，不設電炬，入洞仍須秉燭，竊以為未可也。

黃公度

嘉應黃公度按察遵憲，余曩於義寧陳伯嚴席上見之。公度有《人境廬詩草》十一卷，其詞則未之見也。頃於潘蘭史《飲瓊漿館詞》中，得其附載公度〈題羅浮遊記・雙雙燕〉一闋。詞云：「羅浮睡了，試召鶴呼龍，憑誰喚醒。塵封丹竈，賸有星殘月冷。欲問移家仙井。何處覓，風鬟霧鬢。只應獨立蒼茫，高唱萬峰峰頂。荒徑。蓬蒿半隱。幸空谷無人，棲身應穩。危樓倚遍，看到雲昏花暝。回首海波如鏡。忽露出、飛來舊影。又愁風雨合離，化作他人仙境。」此詞「羅浮睡了」四字，為陳蘭甫先生遊羅浮時所得，卒未成詞，蘭史卒成之，廖懺庵亦屢有和作。

余伯陶

嘉定余伯陶德熏，亦字素庵，精醫術，工詩詞，今之傅青主薛一瓢也。尤好蓄硯。嘗約予飲齋中，出端歙石數十方，供賞玩，皆良工陳子端所斲，有碧霞端井硯、金星歙井硯、漢銅盤硯、紫端石硯、紫霓硯、黃龍五星圭硯、唐四神鑒硯、蕉葉硯、古錢硯、竹根硯、周蟠夔鐘硯、天然荷葉硯、澄泥天然菌硯、蘭硯、天然螺黛硯、雙魚硯、瓜硯、雙螭硯、海天浴日硯、澄泥殘蛀竹簡硯、仿郎世寧仙猿百壽園圖硯、詞硯齋像硯、桑蠶硯，素庵皆自製小詞，鐫題其上。

〈古錢硯・囉嗊曲〉云：「莫謂五銖爛，中多金錯刀。略無銅自氣，愈見石孤高。」〈周蟠夔鐘硯・南歌子〉云：「籀虯鐫靈石，蟠夔肖古鐘。周廟紫泥封。莫教侵蝕到，筆耕農。」〈澄泥天然菌硯・晴偏好〉云：「唐泥妙製沉煙久。千秋別有裁雲手。風吹瘦。松濤露菌珍丹臼。」〈澄泥殘䖳竹筒硯・瀟湘神〉云：「江也秋。雲也秋。結鄰端愛竹中幽。絕似瀟湘尋夢處，漪園依約舊痕留。」子端斲硯，精妙絕倫。元顧德鄰嘗謂人曰：「刀法於整齊處易工，於不整齊處理難明也。」如此錢硯、菌硯、竹筒硯、蟠夔硯，悉得不整齊處之工。素庵詞體物瀏亮，不讓黃莘田專美於前也。

素庵又有〈弔江灣戰區・燕歸梁〉云：「紫燕飛飛去復回。極目蒿萊。燼餘樓館且徘徊。閒花落，費疑猜。淒涼似涉蕪城路，風捎葉，雨侵苔。破窗燈火斷人來。只照徹，暮笳哀。」〈癸酉春暮過吳淞故居・臨江仙〉云：「殘壘依然斜照裡，吟懷盡付東流。櫻花開遍白蘋洲。暮煙空鎖恨，縹緲舊書樓。曾著漁蓑攜酒具，月明江上扁舟。尋詩猶記水西頭。縱教風浪惡，相對只沙鷗。」二詞均精婉有致，並錄於此。

盧冀野

江寧盧冀野前為雲谷太史崟之曾孫，少年豪俊，善飲酒，工製南北曲，且能自譜，有《飲虹五種曲》行世。余為〈題飲虹簃填詞圖〉云：「偷蜜憎醒村醉回，玉川健倒在莓苔。蒲江詞句疏齋曲，兼併君家幾輩才。凌躍超驤有不禁，座中詵嘌孰知音。譜成換取錢沽酒，飲釜如虹涸吐金。」二詩雖不工，蓋能寫冀野不凡之氣概矣。

冀野既以曲名，其所作詞，遂不自珍惜。予顧謂其詞亦不凡近。〈寒食前二日侍瞿安師太平門外訪桃花・小桃紅〉云：「莫道青衫薄。莫負春花約。江南三月，綠楊城郭。況青山灼灼遍桃華，且盡花前酌。空裡鶯聲落。枝上紅絨托。鬥草光陰，禁煙時節，金粉樓閣。羨十里門紅妝，唱徹迎春樂。」〈調楊定宇偷聲・木蘭花〉云：「月圓花好相思老。一夜風涼蕉萃了。謾訴歸舟。縈得阿儂樓上愁。嬋娟不怨秋娘妒。夢冷霓裳入散處。萬疊雲山。新雁蕭關還未還。」〈中秋前夕飲筠丈家・浣溪沙〉云：「湖海飄零一少年。芒鞵歸後故人憐。黃花消瘦夕陽前。客裡襟懷如病酒，夢中風雨未寒天。不辭殘醉落吟鞭。」〈夜坐小齋感賦・臺城路〉云：「平生心事從頭說，青衫淚痕多少。走馬求名，挑燈訴怨，如此勞人草草。孤雲自好。只兩袖風懷，一囊詩料。奄忽春光，依稀歡意怕人曉。滄桑彈指閱遍，認兒時巷陌，遊屐猶到。雨滿江城，雲迷驛路，懶向長安西笑。黃鸝正悄。有千百橋西，一聲聲早。未白秦郎，可憐春夢老。」詩筆懽為詞傷，作者往往不能兼美，冀野尚不病此。

潘若海

南海潘若海民部之博，乙卯丙辰歲，佐江蘇軍幕，假兵符，趨黔桂，起兵以抗袁項城，項城懸重金購捕之，乃走香港，匿亞賓律道康南宅，悲憤咯血而死。所著有《弱庵詩詞》各一卷，茲得其集中未收詞一闋。〈別後寄魏豹公天津‧木蘭花慢〉云：「慢相逢湖海，怪豪氣，減元龍。歎尊酒天涯，聚原草草，別更悤悤。雕蟲。恥談小技，祇長歌當哭害愁胸。不復貂裘夜走，時憂炊米晨空。孤蓬。飄轉任西風。身世苦相同。念少誤學書，老猶彈鋏，歸去無從。途窮。我今不慟，且閉門種菜託英雄。萬里俱傷久客。百年將近衰翁。」若海與順德麥孺博徵君孟華齊名。孺博有《蜕盦詩詞》各一卷，與若海詩詞並刊，名《粵兩生集》。

吳董卿

杭縣吳董卿用威著有《蒹葭里館詩集》，大雅真摯，風致尤美。近得其〈為李拔可題其妹花影吹笙室填詞圖‧浣溪沙〉二闋。其一云：「瑤想瓊思不可留。盡拋雅具畫奩收。卅年書斷大雷秋。聽慣蕉聲愁有路，吹殘花影夢如漚。參軍惆悵雪盈頭。」其二云：「絕代詞華殿一軍。峨峨蘭秀最超群。返生香是卷中人。潑黛山光懷玉尺，然脂心事費金昆。辛夷花底舊時春。」二詞均俊麗雅切。董卿素不作詞，此真所謂詩之餘也。

粵三家詞

粵三家詞者，番禺沈伯眉世良《楞華室詞》，汪芙生瑔《隨山館詞》，葉南雪衍蘭《秋夢盦詞》也。刻於光緒乙未。芙生先生與先叔子新公交誼至篤，南雪先生則吾友遐庵之祖也。楞華〈春日憶惠州豐湖・湘江靜〉云：「紺塔紅隄湖上樹。記歸舟、倦篙曾駐。斜陽導客，橋迴寺轉，又游絲攔路。酹酒六如亭，更誰憶、後村題句。松枝礙帽，藤梢罥衣，傷心聽、晚蟬語。（周草窗《浩然齋雅談》載劉後村使廣日經惠州六如亭有詩云：「吳兒解記真娘墓，杭俗猶存蘇小墳。誰與惠州耆舊記，可無抔土覆潮雲。」於是郡守與之修墓立碑文云云。余遊時，墓亭漸就荒落，故感慨及之。）意未闌，期屢誤。臥滄江、歲華輕度。鷺招燕約，等閒過了，渺飛花飛絮。彈指好樓臺，空還卻。舊時鷗鷺。魚天訊杳，煙波望極，清吟更苦。」〈江城・梅花引〉云：「荻花蕭瑟斷霞明。早潮生。暮潮生。喚取一枝柔艣過前汀。修竹誰家門可款，水亭外，滿煙波，落葉聲。葉聲葉聲愁裡聽。寶薌停。香篆縈。記也記也，記不了簧煖笙清。尚有芙蓉梳掠媚秋晴。眉月半彎樓畔掛，曾照見，倚闌干，話玉京。」

隨山〈移居・水調歌頭〉云：「我笑孟東野，家具少於車。閒坊五里三里，容易便移居。不是桃花潭上，卻近蓮須閣畔，天許著潛夫，因樹可為屋，引水恰通渠。數竿竹，一拳石，半牀書。此中得少佳趣，筆硯盡堪娛。莫問西園讌集，且倚南窗嘯傲，幽意樂何如。商略補松菊，吾亦愛吾廬。」（黎美周蓮須閣在豪賢里，其故址今不可考，要距敝廬不遠也。）〈聲聲慢〉云：「無人看竹，有客題蕉，房櫳鎮日愔愔。曲境重來，爭信樹老苔深。紅棉幾番作絮，撲生衣、風力難禁。春去久，難雕樑換了，故燕空尋。曾記年時初暑，借冰泉灑酒，石几眠琴。布韈櫻鞵，行處不似而今。青梅等閒摘盡，賸蕭然、長日園林。休再問，繞迴廊、多少翠陰。」〈臨江仙〉云：「一片鵓鴣聲不斷，杖藜閒到城東。村墟黯黯樹濛濛。春陰如潑墨，襯出木綿紅。畫得米家山幾疊，髻頭衹是朦朧。料應有雨過前峰。生煙叢灌外，孤塔亂雲中。」

秋夢〈經舊遊處感賦・子夜歌〉云：「憶年時、錦屏絳蠟，漏盡不教歸去。賸多少、琴心箏怨，化作浪萍風絮。寶鼎煙沉，繡幃月落，舊夢無尋處。聽籠鸚、簾外呼人，猶記綠窗點拍，學歌金縷。畫欄畔、逡巡繞遍，冷鎖一秋雨。禿柳當門，殘蕪糝徑，莫繫遊驄住。悵樊川薄倖，天涯空歎羈旅。翠扇留題，青衫漬淚，都是傷春句。最難忘、酒醒香銷，翦燈夜語。」〈素馨斜・臺城路〉云：「紅雲冷落昌華苑，宮衣散餘歌舞。豔骨吞絲，香魂瘞粉，恨鎖青原抔土。哀蟬自語。悵廢寒煙，蝶裙何處。賸有涼螢，夜闌悄影墮秋雨。呼鸞休問故道，畫橋流水杳，花葬誰主。斷碣霜苔，連畦露卉，閱過興亡幾度。樓羅繼數。算喚起芳名，尚留春駐。戲馬臺荒，玉鉤同弔古。」諸詞皆風格遒上，力避乾嘉甜熟之習。

南雪尊人蓮裳先生英華，有《花影吹笙詞》，尤長小令，殆飲水、側帽之亞也。〈夏日即事・點絳唇〉云：「老樹當簷，夕陽影里鳴蟬鬧。柴門卻掃。靜覺清風到。睡醒呼童，竹塢支茶竈。幽香窈。綠胎含笑。夜合花開了。」〈浪淘沙〉云：「燈炧墜金蟲。倦眼惺忪。夢回愁倚錦屏東。梧葉雨疏聲點滴，秋病人慵。小札寄芙蓉。問訊忽忽。百凡珍重可憐儂。影瘦黃花香瘦蝶，惱煞西風。」〈春陰・添字南鄉子〉云：「軟綠泛煙蕪。天影模糊。喚盡春魂總未蘇。底事雨鳩頻逐婦，呱呱。水漲溪橋池也無。飛絮一簾扶。莫謾愁沾。好趁梨花醉玉壺。規取漁樵身入畫，疏疏。試仿雲林淡墨圖。」

《雁來紅圖卷詞錄》

冒鶴亭同年自粵歸，抄贈粵詞人《雁來紅圖卷詞錄》一卷，作者凡十三人。番禺梁節庵鼎芬〈惜紅衣〉云：「紅葉飄殘，綠梅開乍。數枝妍雅。襯出霜華，風流玉苔榭。牆頭石角，散魚尾斷霞誰寫。前夜。有多少泠音，逐琴絲來也。春韶歇了，獨自餘芳，秋心較濃冶。閒階立盡，烘醉酒初罷。翻恨半庭涼訊，不共月魂同下。想瓊枝天外，愁絕不堪盈把。」仁和王子展存善〈百字令〉云：「江楓低舞，又匆匆正到，重陽時節。盡洗霜華偏絢爛，烘出空庭秋色。遠浦霞明，寒林日落，同染脂痕赤。還丹鶴頂，劍南詩句清絕。遙想姹紫嫣紅，春韶一瞥，惟剩荒苔蹟。塞外征鴻書未達，盼斷西風消息。似錦年光，空隨逝水，人歎頭先白。與花相對，朱顏換了華髮。」

綿竹楊叔嶠銳〈百字令〉云：「菊花村晚，正斜陽一抹，向人淒絕。萬里衡陽秋信遠，盼到重陽時節。岸柏酣霜，橋楓惹燒，詩思同淒切。長空錦字，落霞高傍明滅。堪歎作客隨陽，春生溢浦，又值征鴻發。塞北江南何處是，悵想山堂濃葉照。檻非花，烘簾似錦，祇剩鵑啼血。墜歡如夢，幾時芳意重說。」蕭山朱棣垞啟連〈臺城路〉云：「煙霄錦字書難寄，浮沉楚江無跡。冷逗楓霜，低縈茜水，都做滿園秋色。斜陽向夕。又看似非花，問誰堪摘。十樣西風，幾行南浦鎮長憶。商聲乍催怨笛。悵隨陽去遠鄉國。冠幘雞人，仙裳鳳侶，應有舊時相識。瓊枝露積。待煊染寒芳，更成消息。一點燕脂，帶將歸塞北。」

會稽陶子政邵學〈祝英臺近〉云：「露花寒，風絮老，棖觸舊情緒。誰洗胭脂，更灑斷腸處。一群粉蝶游鶯，芳菲閱盡，是誰把少年空誤。念芳意。拚受今日秋風，明朝又秋雨。留得嫣紅，休自怨遲暮。知他三月春韶，杜鵑枝上，應更啼痕還苦。」番禺汪莘伯兆銓〈壺中天〉云：「斜陽庭院，正屏風倚處，離愁千里。冷落秋江蘆荻岸，幻出一枝明媚。鶴頂深痕，鵑啼恨血，灑入西風裡。一般紅葉，幾行新試題字。橫舍相約尋秋，軟遲來作客，飄零如此。不是芙蓉江上影，也自向人沉醉。絳樹歌殘，茜窗事杳，賸有書難寄。老來顏色，那人應怨蕉萃。」番禺葉南雪衍蘭〈惜紅衣〉云：「豔借霜腴，嫣含雨暈，露華涼滴。垂蓼汀洲，疏花半狼藉。妝樓乍過，渾帶得新來秋色。淒寂。蘆岸落霞，趁江楓消息。琴邊醉客。驚惜朱顏，尋芳小橋側。斜陽送晚，遠訊渺鄉國。苦憶舊時慘綠，夢斷夜寒簾隙。賸比紅詩句，啼煞杜鵑愁魄。」

番禺徐巨卿鑄〈揚州慢〉云：「華片零霞，蒨絲沉水，秋人淒絕堪憐。恰新叢豔冶，媚此穉寒天。料池館卑枝悄亞，一聲箏柱，展向蘆邊。襯鵝屏猩色，尖風翦碎湘煙。鸞綃紛舞，乍相逢曾障嬋娟。記蠟蕊輕挼，璚英私掐，滴粉芳妍。留得瘦金體態，休排與錦字雲楄。笑窺簾紅燕，銷魂輸卻年年。」萍鄉文道希廷式〈卜運算元〉云：「午枕怯輕寒，天末驚新雁。瑟瑟疏花為報秋，烘出斜陽茜。書寄洞庭波，夢隔瀟湘遠。可惜凌霜葉葉紅，不及芙蓉淡。」番禺汪憬吾兆鏞〈摸魚兒〉云：「渺天涯、一繩寒陣，秋聲吹遍芳樹。可憐描出傷心色，碎翦蒨絲千縷。還記取。莫誤認宮溝片葉題愁處。憑闌凝竚。便喚醒花魂，迢迢錦字，怎寄斷腸句。韶華晚，誰念霜凋日暮。向人淒豔如許。霞衣茜袖清寒慣，未受世間炎暑。應惜護。笑鏡裡朱顏安得春長駐。離懷漫與。計楓岸鴉啼，蓼汀鷗泛，相憶更情苦。」

漢壽易實甫順鼎〈摸魚兒〉云：「問花天、淚痕多少，舊鵑又化新雁。秋江也似芙蓉命，惆悵東風不管。君漫感。君不見碧桃花落春如電。羅裙血染。任翠袖單寒，青衫老大，商婦一般賤。燕支色，欲畫牡丹渾懶。故山聊寫清怨。空簾綠影瀟湘水，洗出夕陽紅澹。箏柱畔。便題葉宮溝已惜年華晚。關河路遠。怕留住朱顏，酒邊無用，去作冷楓伴。」番禺石星巢德芬〈八聲甘州〉云：「怪平林一簇霎時光，看碧轉成朱。正蘆花白了，菊英落盡，剩此霜株。為甚情懷不老，血性未銷除。目送芳暉裡，冷豔誰如。生憶年華慘綠，盡嬉春酣夏，對景軒渠。忽秋心一點，遷恨到林於。盼消息江南天遠，只想思人去待傳書。增悃悵，年年織錦，拋斷江湖。」番禺陳蓁階慶森〈金縷曲〉云：「逗起丹楓冷。倚閒庭、霜華乍泫，一枝紅凝。不信秋容偏淡泊，還有斜陽滿徑。正昨夜、梧飄金井。箏柱初移涼信透，茜紗窗似閃驚鴻影。錦楄字，可重省。衡陽自古離愁境。盼江天、碧雲黃葉，淚痕猶瑩。有限春韶都過了，憐爾芳心獨警。但伴取、朱顏明鏡。莫共玉溝流水去，怕深宮人寫秋宵靜。尋舊侶，度湘迴。」

末有憬吾先生哲嗣跋語云：「光緒乙酉十一月，梁節庵丈（鼎芬）罷官歸里，先伯莘伯先生，招同楊叔嶠丈（銳）、王子展丈（存善）、朱棣垞丈（啟連）、陶子政丈（邵學）、集越秀山學海堂，酒半，過菊坡精舍。時雁來紅盛絕，梁丈首倡此詞，先伯因囑余子容丈（士愷）繪雁來紅圖，各題所為詞於後。翌年，徐巨卿丈（鑄）、文道希丈（廷式）、易仲實丈（順鼎）、石星巢丈（德芬），與家大人咸有繼聲。時葉南雪先生（衍蘭）以詞壇老宿，亦欣然同作，陳莘階丈（慶森）則戊戌秋補作，俱裝池成冊。南雪先生撰有《秋夢庵詞》，梁丈撰有《款紅樓詞》，朱丈撰有《棣垞集》，家大人撰有《雨屋深燈詞》，皆已刻入。文丈撰有《雲起軒詞》，石丈撰有《緺春詞》，先伯撰有《惺默齋詞》，均未刻入。易丈撰有《湘弦詞》、《鬘天影事譜》、《琴臺夢語詞》、《摩圍閣詞》、《楚頌閣詞》。楊丈詞集未見。張菊生丈（元濟）刊有《戊戌六君子集》，均待檢。王丈、陶丈、徐丈、陳丈詞稿未刊。梁文署名㝁，蓋芬㝁雙聲，罷官時偶易，並附識之。汪宗衍謹跋。」

按王子展先生曾與先叔子新公同官粵東，庚子辛丑間，來居滬瀆，與道希學士交誼至密，余獲常相過從。其記問極博，談論風生，顧不以詞名，殆未有詞集。節庵先生詞，乃葉遐庵近歲所印行。叔嶠先生余相識於北都，數共遊讌，曾同往豐臺看芍藥，有詩唱和。戊戌政變，被禍刑死。余襄助張菊生搜羅六君子集時，覓其全稿不得。實甫詩詞，生前零星刊行，未有全集。歿後寧鄉程子大頌萬將為彙刊遺稿，未果而程君亦歿。

徐仲可

杭縣徐仲可舍人珂，早歲學詞於譚復堂，續篋中詞曾收數闋。復堂評周止庵《詞辨》，為仲可作也。仲可著述最勤，晚卜居康橋，與余比鄰，朝夕相過，輒以所撰筆記詩文詞就相商榷，謙問再四，恂恂然君子人也。〈題孫谷紉《秋思集》．西河〉云：「歌舞地。銅駝幾閱興廢。蓬萊宮闕易生塵，暮鴉四起。夕陽猶自戀江亭，秋聲搖動葭葦。搔短鬢，闌獨倚。頻年書劍留滯。庾郎詞賦鬱清商，似聞鶴唳。待憑客燕話滄桑，西山依舊寒翠。酒酣擊筑弔易水。望燕臺雲樹千里。我亦悲秋身世。更驚心曙色催笳吹。殘夢重尋雞聲裡。」〈春感．雪梅香〉云：「老吟筆，重溫曲陌舊心情。念芳菲桃李，江潭柳色同青。劫後蘭尊閒歌哭，夢中花國詭陰晴。照淞碧，對此茫茫，春水方生。幽盟。負多麗，客鬢塵蒙，幾誤鄰櫻。草綠天涯，為誰望極長亭。拂檻寒風眩驚蝶，捲簾斜日澀啼鶯。何堪又，餳簫社鼓，來送愁聲。」仲可有《純飛館詞》，癸亥以後詞，則尚未付梓。

惲瑾叔

陽湖惲瑾叔都轉毓珂亦字醇庵，近居滬瀆，鬻文為生。詞筆清剛雋上，老而彌工。〈立春日偶成依玉田體・月下笛〉云：「昨夜風回，頭番記否，換紅移翠。金籠喚冷，為道癡鸎夢餘幾。山中自昔無車馬，更屈指流年似（去）水。歎平原牛土鞭香，拂散斷魂空際。人意回闌底。看千尺游絲，畫簾縈墜。東皇倦矣。問誰料（平）理芳事。莫教花柳知矜寵，怕燕叱鶯嗔又起。向遠樹聽啼鵑，真訴春愁解未。」〈雨霖鈴〉云：「吳鉤霜夕。倚高穹外，夢遠天碧。斜陽一別何許，孤飛怕見，尋常坊陌。月底簫聲縹緲，冷遺佩蹤跡。盡待得香霧瓊枝，甚是春風舊詞筆。王嬙那便無顏色。只玉容歎畫工難覓。飄花猛雨禁慣，渾負卻綠陰憐惜。鳳枕鸞綃，誰使啼痕獨夜長拭。翦海水休試并刀，倩寄愁消息。」

汪衮甫　汪旭初

吳縣汪衮甫榮寶，荃臺太守之子也。荃臺先生久居張文襄幕，綜管學務。光緒壬寅，文襄署兩江總督，余被命創辦三江師範學堂，常獲奉教於荃臺先生。及辛亥後，又得交衮甫介弟旭初東寶於滬。衮甫詩宗玉谿，為詞絕少。茲得其〈浪淘沙〉一闋云：「官柳俯河橋。冶葉倡條。臺城風片暮蕭蕭。雪藉調冰多俊侶，同試蘭橈。十五小蠻腰。翠羽金搖。背燈無語弄鮫綃。今夜月明歸去晚，重理箏簫。」蓋在金陵應試時所作也。

旭初詞宗清真，綿密遒俊。〈過金鰲玉蝀橋有懷而作・解蹀躞〉云：「半頃紅香初減，青蓋隨風舉。舊時靈鵲飛橈映宮女。一晌舞歇歌殘，任看水佩風裳，漫霑塵土。甚情緒。因念荷亭涼露，憑肩共私語。至今羅襪凌波更何許。往事重惜飄零，那堪空苑斜陽，帶愁歸去。」〈拜星月慢〉云：「瘦竹通橋，垂楊縈路，步繞回隄千轉。屐齒苔痕，任東風吹遍。最惆悵、幾日輕寒薄暖天氣，嫩綠繁紅偷換。崔護重來，隔桃花人面。記當時、暗結秦簫伴。空回首、事逐輕煙散。一片芳草斜陽，惹天涯幽怨。判今宵夢怯殘燈館。樑間燕轉側聞長歎。賸憐取一寸春心，繫連環不斷。」〈傾杯〉云：「屑玉霏譚，傾銀注釀，羈懷頓覺消釋。岸柳乍沐，水閣過檝，恰步鄰邀笛。蠻箋蠟苣分題處，倒百尊休惜。南朝舊恨，都付與、歷歷冥飛鴻翼。鬢白。從來卻少，酒襟詩本，依舊狂心跡。想再葺荷衣，啼猿爭怪我，如何消得。楚澤行吟，西州沉醉，莫學當時客。故山北。還只要草堂相識。」〈醉登北極閣故址，今為氣象臺・虞美人〉云：「高秋與我襟懷好。落葉紛如掃。天風吹上九層臺。但見遠山如垤水如杯。明明河漢通微路。也擬驂鸞去。沉思依舊住人間。上界仙官不似散人閒。」諸詞皆倚聲上乘，可為後學圭臬也。

吳瞿安

長洲吳瞿安梅，為曲家泰斗，其詞亦不讓遺山、牧庵諸公。近得其《霜厓讀畫錄》，〈題鄭所南畫蘭次玉田韻・清平樂〉云：「騷魂呼起。招得靈均鬼。千古傷心留一紙。認取南朝天水。北風吹散繁華。高邱但有殘花。花是託根無地，人還浪跡無家。」〈題龔半千畫・桂枝香〉云：「憑高岸幘。愛面郭小樓，紅樹林隙。妝點晴巒古畫，二分秋色。高人去後闌干冷，笑斜陽往來如客。野花盈路，當時儔侶，梁燕能識。但破屋西風四壁。對如此江山，誰伴幽寂。湖海元龍未老，醉嫌天窄。笛中唱到漁歌子，賸無多金粉堪惜。暮寒人遠，何時重認，舊家裙屐。」〈題王東莊畫・長亭怨慢〉云：「是誰寫荒寒情緒。千丈懸厓，幾丈瀑布。一水瀠洄，大隄環繞萬叢樹。遠峰清苦。留黛色，飛眉宇。勝地紀曾經，但夢想登臨何處。延佇。對江山如此，恨少釣遊佳侶。沙棠簫管，已無復昔年豪舉。縱翦取十里吳波，怕難測明朝晴雨。仗妙筆雲楂，點綴思翁真趣。」諸詞豪宕透闢，氣力可舉千鈞。予嘗謂元初詞得兩宋氣味，不似明清諸家，墮入纖巧。曲盛詞衰，實在明代。元曲高過後來，正由繼兩宋後，詞尚未衰也。

陳伯平

長沙陳伯平中丞啟泰，以戊辰名翰林，轉御史，直聲震朝右，與黃漱蘭、寶竹坡、張幼樵、鄧鐵香、洪右丞齊名，當時有「黃、寶、陳、張」之目。及洊升至蘇撫，嫉惡懲貪，僚屬戒畏。其自勵清節，求之清末督撫中，未有第二人能若公者。公生平精音韻訓詁之學，間喜為小詞。向在公壻徐紹周齋中，見其門人劉春霖殿撰手錄公少作詞一卷，惜當時未能選錄數闋。茲得公甥張介祉輯錄遺詞相示，則多中年以後所賦，格調高雋，辭采葩正，以比范文正《歲寒堂詞》，未以綺語為嫌也。

〈酬周石君集杜五言見寄・齊天樂〉云：「邊風吹墮紅雲影，緘來浣花詩句。碎錦新聯，零縑巧綴，一幅天然機杼。金城漫詡。怕晉帖唐臨，江東偷據。卻怪涪翁，百家衣笑半山語。新聲還繼秀水，篋中藩錦集，編又何許。杏谷吟簫，蘆河譜笛，忙煞勺湖盟主。相思寄與。悵斷隔吟朋，太行勾住。甚日西窗，遲君同話雨。」〈雲中懷古・念奴嬌〉云：「方山北望，障鮮卑西部，烏桓南境。當日控弦過十萬，蠻觸紛爭無定。鹿苑成塵，龍堆罷戍，誰問飛狐嶺。韓陵片石，近添多少新詠。遙憶捺鉢宵屯，承天遠御，壓鬢宮花靚。今夜無憂坡上月，還似那時妝鏡。鳳去臺空，玉壘銀床，一例荒煙亙。邊城坐聽，暮笳猶自悲哽。」〈席間與友人論詞・滿江紅〉云：「今夜尊前，為默數、千秋詞客。應除卻、旗亭勝侶，沈香仙伯。一自金荃開豔體，南唐西蜀彌纖仄。直沿流，爭唱柳屯田，風斯極。秦與晏，喧歌席。坡一變，融詩筆。怪當時樂府，俳謠錯出。南宋名家何婉約，姜張吳史工堪敵。但誰饒、壯語壓辛劉，鏘金石。」〈醉太平〉云：「香殘茜襟，涼低翠簪。簾前小雨愔愔。壓梨花夢沉。鴛拋繡針。鸞停素琴。一鵑啼近樓陰。和東風怨吟。」〈度雁門關・蝶戀花〉云：「曲澗危陂連復斷。直到層顛，風景關前判。馬上驚心秋已半。南飛才見衝蘆雁。塞草邊沙經眼慣。勾注山靈，可識行人倦。鈴鐸郎當催向晚。湘天一角鄉心遠。」〈元夕・浣溪沙〉云：「月色微茫不肯明。從他燈火鬧傾城。綵雲低護一團春。翠縷金光舒夜景，鈿車寶馬蹴芳塵。有人閒坐譜新聲。」（案前錄陳臞庵即陳伯平，此重錄其詞。圭璋附記）

黃君坦

閩縣黃君坦孝平，吾友公渚之弟也。兄弟皆能文章，工詩詞書畫，殆不可及。〈題埃及女王像拓本・滿庭芳〉云：「珠鳳欹鬟，明蟬照鬢，鬘天影事留痕。訶梨半掩，鏡裡月黃昏。十種宮灣奩豔，可憐是、金塔離魂。空相惜、摩訶曲子，釵鈿逐時新。啼妝窺半面，咒心化石，搗麝成塵。任壓裝海客，分載殘春。誰解蘭闍索笑，飛鸞影、空賸青珉。依稀認、劫灰羅馬，留有捧心顰。」又〈乙亥重九心畬昆玉導遊寶藏寺・齊天樂〉云：「層岡迤邐招提境，畫廊更依翠巘。雞犬雲中，鐘魚世外，羽客衣冠未幻。茶煙別院。羨寶玦王孫，留題都遍。眼底西湖，共誰殘照話清淺。蕭辰試招遊屐，相逢張打鶴，絲鬢愁綰。鷲寺風光，獅窩粉本，彈指華嚴隱現。白頭宮監。盡採蕨西山，翠華望斷。醉墨分箋，一庵蒼雪晚。」寺為宮監小德張重修，住持知客皆內監。故詞中用張打鶴故事。

陳寥士

鄞縣陳寥士道量，工詩，刊有《單雲甲戌稿》。近寫示〈蝶戀花〉小詞，亦工致細膩。詞云：「欲繡鴛鴦無意緒。筆縱生花，難把心情吐。容易寫書誰寄與。如煙簾幕沉沉暮。十二瑤臺懸玉兔。心怯空房，如歲今宵度。手弄秦箏聲自苦。夢中且覓迴腸句。」寥士師慈溪馮君木幵，君木與臨桂況夔笙最契，寥士亦與之習。〈君木與夔笙聯句・浪淘沙〉云：「風雨黯橫塘。著意悲涼。殘荷身世誤鴛鴦。花國蟲天何處所，猶說年芳。（況）妾是夜來香。郎是螳螂。花花葉葉自相當。莫向秋邊尋夢去，容易繁霜。」（馮）題云：「蕙風翁《天香樓漫筆》有記螳螂一則，言藤本花有曰夜來香者，其葉下必有一二小螳螂棲集，纖碧與葉同色，若相依為命者。」曩寓金陵，歲買此花，罔或爽也。詞人體物之微，即小可以見大。余笑語翁，若仿王桐花句例，當云妾是夜來香，郎是螳螂矣。翁深賞是語，謂天然〈浪淘沙〉佳句也。聯詠足成一解。今此墨蹟，為朱別宥所藏，寥士題詩云：「馮螳螂與況螳螂，留與詞壇作曲章。沙子片帋成劇蹟，朱家什襲付珍藏。清詞足比桐花鳳，遺跡誰尋草樹岡。不學爭墩能讓號，二風高致勝貛郎。」此詩與詞家故事有關，因並錄之。夔笙昔與予居為鄰，習知其妾甚美而賢，自其妾歿，而夔笙不數年亦下世矣。相依為命，其讖語耶。寥士況螳螂之稱，亦不為謔矣。

勞玉初

桐鄉勞玉初乃宣，於癸丑自淶水移居青島，居於勞山之麓，自以為其家得姓之祖居，可謂為歸。嘉興金甸丞為繪勞山歸去來圖，玉初自題〈摸魚兒〉云：「峙蒼溟、萬峰環翠，先疇遙溯千古。雷聲電影飆輪疾，載得蕭然家具。聊賃廡。更莫道、山川信美非吾土。高風遠數。問迷路逢萌，餐霞李白，遺躅可容步。南雲邈，閭井方叢豺虎。周京又感禾黍。江湖魏闕都成夢，蹙蹙我瞻何所。誰與語。渾不料、有人重譯談鄒魯。歸來且賦。願蠡簡埋頭，鯨波洗耳，長向畫中住。」時德國尉君創尊孔文社，玉初之往居青島，應其招也。

陳師曾

義寧陳師曾衡恪，右銘中丞之孫，伯嚴吏部之子也。其遺詩為女弟子江采所楷寫，葉君遐庵為之影印。師曾亦工詞，未有刊本。予篋中有其遺詞數闋，亟錄於此。〈海棠花下作・春從天上來〉云：「翠擁紅幢。是瓊壺窈窕，飛影殊鄉。宿露搓酥，斷霞凝粉，簾捲恰對穠芳。好自珠樓燦曉，多少意、酒力難將。翦綃緗。盡一春蜂蝶，都隔銀潢。霓裳又成恨舞，算喚起瑤姬，有淚如江。吹轉朱幡，絳雲迷卻，猶憐蘸水淒涼。一撚殢嬌慵學，東風裡、曾訝濃妝。解零璫。漸絲絲細雨，委盡柔腸。」〈海棠用碧山榴花韻・慶清朝〉云：「絕豔宜簪，倩魂易冷，幾回殢裊東風。春嬌乍倚，曲欄獨映嫣紅。和醉重鳴怨瑟，弦間幽意有誰同。斜陽外、斷霞作被，殘粉成叢。猶憶故山步月，聽杜鵑啼夜，綠碎煙空。朱英數點，飛簾應為詩工。鏡裡暗藏清淚，怕教零落亂雲中。深深院、濃愁未醒，爭似花濃。」

〈踏莎行〉云：「鳳帕題紅，鵝笙吹霧。夢中哽咽天涯語。細篁幽瀨獨來時，玉鴉啼過南塘路。一髻遙山，三春柳絮。十年閒事匆匆度。高樓寂寞到平蕪，斜陽已入傷心賦。」〈浣溪沙〉云：「銀漢臨岐一道催。悄風黃葉共徘徊。青燈低映繡簾開。故國寒砧傳晚信，錦衾瑤瑟動清哀。三更殘月度秦淮。」其二云：「回首秦林入夢空。片雲流水隔香紅。玉簫帆落石塘風。辛苦猶憐天外月，素秋飛影入瑤宮。千門人語斷腸中。」諸詞皆大雅之音，長調步武碧山，非徒模擬。（案方恪先生言，衡恪先生素不作詞，此所載詞皆方恪所作。圭璋記）

俞陛青

錢塘俞陛青編修陛雲，曲園先生之孫。其詞清空，頗有家法。〈夕陽和史梅溪春雨韻・綺羅香〉云：「淡浴生陰，去還成戀，驚眼天涯遲暮。翠舞紅酣，肯為朱門少住。下芳砌、蝶暝重簾，倚荒戍、雁沉寒浦。借枝頭餘暖無多，棲鴉啼夢玉京路。江城哀角自奏，賸有西風茸帽，蒼涼歸渡。一抹殘山，映取倦妝眉嫵。伴孤影、知有誰來，寫閒恨、了無著處。乍消凝、換卻黃昏，亂蟲棲共語。」

鄭翼謀

上海鄭翼謀永詒，別號質庵，能詩，偶為長短句，妙似迦陵。〈香雪海・行香子〉云：「樹老無塵。香暗無痕。更茫茫、海樣無門。珊瑚枝冷，又是黃昏。閱幾番風，幾番雪，幾番春。雪白於銀。花凍於雲。守天寒、鶴瘦於人。誰驚鶴夢，喚起花魂。記路三叉，笛三弄，月三分。」

梁公約

江都梁公約菼，工詩，有《端虛堂集》一卷，亦能為小詞，歿後其稿散佚，世不經見。〈虞美人〉云：「千闌百就渾如醉。消盡相思味。夢魂猶作有情癡。不道殘春又過牡丹時。罡風隔斷蓬山路。密約無憑據。為郎拚作夢中人。獨向百花深處一傷神。」

沈子培

嘉興沈子培方伯曾植有《曼陀羅庵詞》一卷。茲搜得集外詞一解，〈和陳子純韻・喜遷鶯〉云：「南湖日暮。盡看遍遊冶，總宜船艣。瘴雨飄襟，蠻花側帽，歎今日江湖倦旅。為問漁莊蟹舍，何似馬人龍戶。聽夜雨暗潮生，還有婆留知否。是處。深巷踏歌女。春聲點徹都曇鼓。鶴去亭孤，龍移潭冷，望到江蓮白羽。幾日竹林遊跡，拍遍梅邊樂句。莫苦憶武昌魚，試鱠宋家霜縷。」子純仁先叔也，亦字止存。今子培詞集中，有〈和韻寄仁先・喜遷鶯〉一解，乃疊此韻也。

張文襄

南皮張文襄公之洞，〈鄴城懷古・摸魚兒〉詞云：「控中原、北方門戶。袁曹舊日疆土。死胡敢齧生天子，衮衮都成讖語。誰足數。強道是、慕容拓拔如龍虎。戰爭辛苦。讓倥偬追歡，無愁高緯，消受閒歌舞。荒臺下，立馬蒼茫弔古。一條漳水如故。銀槍鐵錯銷沉盡，春草連天風雨。堪激楚。可恨是、英雄不共山川住。霸才無主。剩定韻才人，賦詩公子，想像留題處。」文襄生平不作詞，此變僅見。文襄督鄂時，閩縣鄭蘇戡孝胥曾在其幕，一日，文襄閱兵洪山，馳馬如飛，銀髯飄拂，觀者塞途歡呼，蘇戡賦〈百字令〉以獻。詞云：「雨晴山出，正東城草軟，湖光搖堞。一點紅旗遙指處，萬眾沉沉初列。九地潛攻，從天倏下，客主旋相躡。閻浮俄震，火雲衝散飛蝶。馳馬來者髯公，微吟弄策，憂國顏成纈。喚起忠魂應再世，滿眼英雄人傑。楚戶終強，江流休轉，老去餘心鐵。鼓鼙聲遠，受恩空自腸熱。」文襄拍案稱絕。蘇戡生平亦不作詞，此亦僅見也。

陳寅恪　方恪

義寧陳寅恪、方恪，伯嚴之子，師曾之弟也，皆工為詞。寅恪〈詠簾・鎖窗寒〉云：「鳳節妨香，鸞花薄媚，睹珠深裊。瑤街靜擁，瀲漾夢痕難掃。綰風絲、晴廊燕翻，石泉金點疑沾抱。最玉樓十二，銀河涼掛，碧笙吹曉。窺笑。當年少。記高捲南薰，神仙人妙。橫街放夜，坐送千門歡鬧。更玲瓏遙倚未眠，夜情密意飛不到。幾花時省識春風，窣地銀鉤悄。」〈破陣子〉云：「頳玉秋香樓底，裁雲粉絮簾前。莫把尋常花月恨，譜入鈿箏舊雁弦。春城話可憐。一自蘭橈催發，幾回荔浦情牽。錦被半堆金線暗，冷落閒門逐繡韉。東風伴醉眠。」〈早春．浣溪沙〉云：「伏枕爐煙睡起遲。小山殘雪欲來時。鬢邊風信玉梅枝。來往江城惆悵客，淚痕和墨教題詩。洞房空想碧螺卮。」

方恪〈崇孝寺牡丹．三姝媚〉云：「鶯啼無意緒。撩晴絲芳菲，鈿車如水。錦障街南，認翠翹金暖，綠煙垂地。玉蕊唐昌，都不是仙家塵世。鳳吹歸來，瀲灩韶華，好天沉醉。何似。千嬌羅綺。問第一昭陽，那人能比。換曲移宮，又舊愁新恨，臉霞扶起。夢覺傾城，偏誤了平章門第。記取春風詞句，閒情自理。」〈題王伯沆孤雁圖．疏影〉云：「西風漸緊。對暮天杳靄，雲意低暝。倦羽倦歸，迢遞煙程，淒涼說與秋景。寒山占斷相思路，盼不到、書題斜整。悵玉樓、縹緲香深，合是酒消人醒。還憶長門影暗，怨啼似訴語，封淚鴛枕。渭水波聲，幾點清輝，換了唐宮金鏡。蒼茫別下汀洲去，任瑟瑟、秋江淘盡。更那知、夢穩霜葭，自有寒心難省。」〈秋日徐園．曲遊春〉云：「桂院新涼嫩，看秀蕊離離，難畫秋色。曲映朱門，鎖香苔金井，碧梧喧寂。石磴蘿陰濕。認隱約浪題浮壁。甚杜郎俊賞，歸來惆悵，綠窗風日。弄白。新蟾簷隙。誤臨水眉梢，窺粉簾額。往事豪情，幾因歌駐轡，藉花圍席。屈指韶光隔。歎勝地、風流都息。更恁時、掩淚林亭，故人共惜。」〈拜星月慢〉云：「缺月牆陰，幽香坊角，隔水砧聲微度。依舊風情，認文窗煙霧。歎如夢，最是欹紅軟翠筵底，鳳臘匆匆歸去。永夜無聊，數青溪鐘鼓。甚傷心、穩向天涯住。孤鸞信、第一眉痕誤。料應紅袖寒添，惹歡塵都污。記今生、萬種溫柔處。天河迴、錯喚桃根渡。祇賺得、楚客蕭疏，寫江關哀句。」（案方恪先生言，寅恪素不作詞，此所載詞皆方恪所作。圭璋記）

程彥清　子大

寧鄉程彥清頌芬、子大頌萬兄弟，為雨滄教授霖壽之子。雨滄有《湖天曉角詞》二卷，彥清有《牧莊詞》三卷，子大有《鹿川詞》三卷。雨滄〈歸國謠〉云：「芳草碧。舊日送君情脈脈。西風吹老邊庭白。王孫一去無消息。傷秋色。天涯萬里長相憶。」〈登雲麓寺賦寄茶村江右・西河〉云：「憑眺處。山川滿目如故。天風盪得日光寒，澹雲未雨。翠巖萬木漸知秋，秋山猶欠紅樹。煙際雁，紛爾汝。寒鴉逐隊爭舞。來登絕頂盼長江，一航快渡。古今萬事繫心頭，蒼蒼相對無語。等閒有酒念故侶。問天涯何酒能估，料也者番延佇。立孤峰、目極章江路。一片斜陽關山暮。」

彥清〈餞春和中實・長亭怨慢〉云：「問春色、端歸何處。有箇雛鬟，悄開璇戶。驀地銷魂，落花成陣攪愁緒。燕憔鶯悴。空賺得、人無主。歎逝水年華，莫迸作、梨雲棠雨。春去。認紅愁綠慘，玉筋濕侵紈素。楊花糝徑，只瞧做、離筵尊俎。念此後、漲綠天涯，怎拋得、嬌紅庭宇。正悵怨芳時，陰滿林家桃樹。」

子大〈寄懷劉達泉申江・瑞鶴仙〉云：「記單衣換卻。頻過訪、巷曲斜陽抹角。秋關叩誰覺。正添香詞就，窗邊閒酌。吟商鬢薄。對暝蟬如話舊約。甚街塵不到。偕引素尊，幾憑高閣。事往劉郎黯省，劫替昆池，歌終淮泊。驚飆又作。頹巢燕，且尋幕。歎懷沙有賦，無歸招汝，歸來還對落寞。任鹿川暫託。惟倚簞瓢自樂。」〈寄雲隱翁申江・西平樂〉云：「嶽翠招人，岸沙罷騎，疇昔共樂湘清。家巷尋常，嫁桃初日，陪翁社酒攜甖。歡故侶壚半逝，新恨烏衣易夕，爭知晦跡窮途，誰能躍馬功名。休更雕龍繡虎，奇絕處、下筆少人驚。越鱸千里，淮花一舫，聊浪尊前，姑寄平生。念我嚮、淞濱歲晚，西屋東傾。茗艼琴書暫託，嬌女新添，惆悵而翁鬢欲星。歸去未宜，災年壓病，兵火催詩，儻更浮家，莫是天涯，重攜笑語盈盈。」程氏父子在湖南皆頗有文名，子大尤俊，乃潦倒場屋，始終不獲一領青衿，中年以納粟為知府，老於湖北，辛亥後，避居海上。常相過從，亦漚社中一老將也。

嚴載如

上海嚴載如昌堉，年富篤學，工為詩詞，向於周夢坡齋中作畫會，獲與訂交，恂恂然一儒素之士也。其寫花卉，亦饒雅韻，殊異於今所謂海派者。有〈秋日遊內園・百字令〉云：「西園咫尺，展東偏一角，別開圖畫。位置不逾三畝地，林壑並包池榭。王粲登樓，米顛拜石，幽致供陶寫。尋秋憑眺，應知風月無價。放眼景物都非，人民城郭，遼鶴歸同化。老栝蒽蘢曾手撫，舊事不堪重話。（園舊有白皮松一株，枝幹蟠屈一望蔥鬱，上海縣續志載入名蹟門，今枯死十餘年矣。）靈爽煙僇，畫圖省識，香火供龕舍。（廳事懸元制秦公裕伯畫像，歲時制享。）小鄉嬛地，奇書羅列盈架。」（觀濤樓購置四庫全書珍本，任客觀覽。）內園者，上海城內三園之一也。其地廟會極盛，園向鎖閉，近數年始縱遊人觀覽。

邵伯褧

杭縣邵伯褧太史章，譚復堂先生之高足弟子也。著有《雲淙琴趣》三卷，詞境上追夢窗，守律極嚴，純取生澀，不襲故常，可謂盡能事。〈社園鸞枝和閏庵・宴清都〉云：「萬點嫣紅樹。繁華夢、絢春天霽沉霧。緗梅遜豔，夭桃潛彩，龍池波沍。晴空照徹鸞雲，似絳闕仙幢正渡。奈歲華爛縵人間，朱顏不教輕駐。詞官往事重尋，稼芳手撚，憑續花譜。攢枝簇繡，長依禁苑，認啼鵑處。良辰輦遊何在，消息待傳言玉女。問甚時輝映霞裳，披香暗護。」鸞枝花以北地為盛，南方絕少，俗謂之榆葉梅。

袁文藪

杭縣袁文藪毓麐，寄寓宣南，蜚聲吟社。客歲來滬，始獲識面。所著有《香蘭詞》一卷。〈登清涼山頂遠眺・滿江紅〉云：「振袂登臨，數不盡南朝陳跡。冶城裡、過江年少，連扇裙屐。斷壟導淮空問姓，埋金厭氣仍開國。看蔣山草長門青青，斜陽色。翠微址，尋無石。華陽隱，荒無宅。聽打鐘古寺，感懷今昔。埭上雞鳴風又雨，關前虎踞潮還汐。指新亭咫尺是兵衝，征衫濕。」〈擬屯田・少年遊〉云：「高陽狂客醉登樓。天氣肅清秋。鄉關不見，江山如此，莽莽使人愁。垂楊凋盡黃金縷，好夢付東流。畫角聽殘，曲闌敲遍，無計辦歸舟。」詞境空靈，上擬穠軒，得其細膩。

關穎人

南海關穎人賡麟著有《䄥園詩集》。䄥園者，其居北平時所建別墅也。曩嘗聚集為詩鐘會，穎人記問最博，每會輒冠曹。其夫人張織雲亦工吟詠，今集中有《飴鄉集》四卷，乃其夫婦唱和之作。穎人詩篇極富，偶為小令，亦至工緻。〈豳風堂晚飲・蝶戀花〉云：「林氣蘇蘇收積雨。曲岸荷風，盡力吹殘暑。選得闌干臨水處。杯盤草草誰賓主。向晚蟬聲催客去。柳外明蟾，卻又留人駐。燈火西門門外路。歸鴉已滿城棲樹。」織雲和詞云：「萬綠蔥蘢含宿雨。霽色初開，亭榭清無暑。一棹煙波容與處。垂楊院落誰為主。薄暮馬嘶人漸去。涼月如鉤，照我行還駐。芳草黏天丁字路。雙雙歸鳥池邊樹。」

沈尹默

吳興沈尹默，著有《秋明集》。其平昔論詩論詞，皆主放筆為之，純任真氣，不規規於字句繩墨，其詞一卷，皆小令，未嘗為慢詞也。〈浣溪沙〉云：「雨過猶聞隱隱雷。乍涼天氣好池臺。荷花自在向人開。但恨花無人耐久，比時堪賞莫停杯。人生何事待秋來。」〈西山道中・思佳客〉云：「十丈紅塵一霎休。偶憑林壑散羈愁。晚風吹帽臨官道，小輦催詩紀舊遊。雲淡淡，意悠悠。亂蟬聲裡雨初收。柳光嵐翠知多少，又是新來一段秋。」〈好事近〉云：「今日見晴空，明日陰晴難度。一任天公做弄，有誰能管著。飛來群鵲鬥斜陽，半點無拘縛。別是一般滋味，看人家歡樂。」諸詞固皆出之自然，意境亦極新穎也。

邵蓮士　蔡師愚

餘姚邵蓮士啟賢，德清蔡師愚寶善，皆宦遊吾鄉，有同著籍。二君文采斐然，詞名相埒，而師愚之子謙，為予從侄壻，蓋戚誼而兼文字交也。蓮士〈簡半櫻用屯田韻・傾杯〉云：「夢雨飄春，暝煙沉晝，漫空又換愁色。倦旅乍息，舊恨暗咽，寄一枝梅驛。天涯幾許回車淚，酒邊箏笛，閒情懺盡，拈錦字、懶付回文重織。卻羨星槎萬里，海雲東去，曾展垂天翼。料別後風光，櫻花憔悴，為江關詞客。白社傳箋，青溪飛槳，認遍泥鴻跡。憶鄉國。憑翦取、聖湖寒碧。」

師愚〈遊拙政園・綺寮怨〉云：「夢雨春歸何處，午晴庭院深。正滿目、斷瓦頹垣，回廊隱、數處亭林。當年潭潭第宅，繁華逝、麝屑香篆沉。賸幾時、畫閣朱簾，塵封久、敗壁蟲夜吟。一徑屐痕漫尋。蒼苔倦步，迎人萬玉（去）森森。棖觸詩心。聽流水，響鳴琴。山茶甚時落盡，且悵惘，翠藤陰。風來襲襟。生涯試對鏡，霜鬢侵。」師愚已刊有《一粟庵詞》行世。

彭蕁思

高安彭蕁思醇士，參詩善畫，詞尤工致。〈調頤水・三姝媚〉云：「銀屏圍繡綺。正垂蓮燈圓，歕猊香細。杏雨添寒，襯玉纖蔥蒨，絳囊溫膩。鏡寫春山，贏記得親描眉翠。別後雲英，愁把金尊，暗澆紅淚。楊柳雕鞍重繫。念舊曲桃根，有人曾似。夢裊陳宮，聽繞樑瓊樹，弄喤皇鶯脆。象管鸞箋，空悵望、僊舟雙美。待與清詞低唱，箏絲自理。」吾鄉瑞州，在宋為筠州，名宦有蘇子由、楊誠齋。華林、荷山、珠湖、鏡溪，地占清嘉，士多文藻。高安、上高、新昌三邑之人，多諳音律，能歌古詞曲，亦特長也。

許季純

長沙許季純崇熙，昨年乙亥逝世，遺集尚未刊行。季純詩詞皆臻上乘，而為書名所掩。〈辛未立夏風雨・漢宮春〉云：「生怕歸春。倩楊絲綰住，藤蔓牽回。新來曉鐘忽動，杜宇頻催。天涯綠遍，賸酴醿、慵綴蒼苔。還竟日、風風雨雨，惜花心事成灰。應識流光如水，盡雲鬟雪面，轉眄都非。餘芳未全消歇，隱約珠胎。圓荷的皪，盼紅衣、重與傳杯。休苦恨、春將花去，見花卻帶春來。」

陳倦鶴

江寧陳倦鶴世宜，為張次珊通參高第弟子，光宣間從朱漚尹侍郎吳門，居法政學校講席，境界敻絕，足證淵源。〈綺寮怨〉云：「縹緲神山何處，海光回望遙。聽廣樂、醉引流霞，清虛府、絳袂曾招。呼龍耕煙種玉，玻瓈脆、鏡日誰更敲。怕爛柯、對弈無人，空中語、夢鹿重複蕉。漫信跨鸞上霄。紅朝翠暮，雲翅慣怨回飆。貝闕珠巢。擬同賦、水仙謠。天孫聘錢償否，洗淚眼、愛河潮。樓頭弄簫。前宵尚解珮，臨漢皋。」〈滬濱雪中度歲寄懷同社諸友・泛清波摘遍〉云：「燒痕野草，瞥影邊鴻，如矢歲華催換了。睡中山色，但有梅枝占春早。淞濱道。明燈閃閃，官柳蕭蕭，連騎俊遊今漸少。繡幕休垂，放入寒光見懷抱。庾園悄。飛絮乍縈畫簷，解凍尚遲芳沼。翻恐回風，向人鬢絲吹老。獸香裊。花外信息愈疏，天涯夢程難到。幾處金盤燕簇，醉吟昏曉。」

吳仲言

吳興吳仲言錫永，早年治兵家書，儒將也。昔同官金陵，時共遊讌。是時在江南治軍者，徐固卿同年，為新軍統制。俞恪士提學，監督陸師學堂，一時軍諮將弁，多為績學之士。仲言有〈和半櫻・傾杯〉云：「目逐飛雲，思隨歸鳥，江城漸合暝色。暮雨暗燭，苦竹繞屋，宿水村荒驛。憑闌獨自傷心處，忍泊舟聽笛。多情笑我，休更道、日日清愁如織。賸憶鵬摶直上，錦程千重，爭奮垂天翼。恁線壓頻年，鸞飄依舊，是他鄉為客。海角懸帆，軍中磨盾，白雪留鴻跡。念家國。看陌柳、暖風吹碧。」此詞悲歌慷慨，不異稼軒、龍洲也。

徐紹周

長沙徐紹周楨立，為叔鴻觀察丈之子，詩詞書畫，無不精能。庚午歲，避地來居海上，與予結詞社畫社。湘人之能為詞者，陳伯弢歿後，紹周當居壇坫之長。予六十初度，紹周贈詞〈慶千秋〉云：「溟漲腥收，又銅街密樹，幾換青蔥。吹香露花半畝，依舊薰風。莎亭薜閣，記年時、尊俎頻同。天更許、循階歲月，海涯贏見桑紅。往事壯懷無限，譜清詞小海，歌付吳儂。回看上霄五老，依約何峰。還山未得，掃煙螺、添寫吟筇。人未老，朱顏好駐，勸斟石上花茸。」

易大厂

鶴山易大厂孺，工詩詞書畫篆刻。其《大厂詞稿》，手寫印行，巾箱攜取，良可珍玩。〈夢窗韻答雲持・思佳客〉云：「涼後冰帷斷水沉。祇餘星漢隔宵心。未驚璚盌添人醉，恐為鉄衣殢夢深。和怨拆，帶香斟。玉璫親手累沉吟。飛來日上催詩雨，不管南雲片片陰。」〈庚申重陽析津攜眷屬登河北公園小山・六么令〉云：「嫩陰扶午，綿緹添微燠。清沽照雲同繞，燕子低如沐。又見園亭陗道，轉折行都熟。寒香猶逐。呼錢急買，深碧輕黃趁時菊。殘陽樓外漸沒，瑟瑟難窮目。谿畔似鬢叢蘆，怒出參差玉。閒恨霜皮老柳，聽過從軍曲。榮林休卜。茱萸無恙，共取平安對花囑。」

張次珊

張次珊通參遺詞，頃得其門弟子陳君倦鴻為刊行續集。倦鴻極矜慎，於去取疊商於予，所刪數闋，大抵為平昔酬應不甚經意之作。茲錄存三闋於此，〈題袁太夫人詩集·絳都春〉云：「雲霞新組。是舊日浣花，雕龍機杼。一片古香，百斛清愁穿珠語。疏林落月懷鄉句，便江筆如花應妒。抵他多少芳情，藻思悴春工賦。還慕。璇閨豔福，洞簫按、鏡裡鳴鸞對舞。漱玉曼聲，徐淑書名爭前古。諸郎詞苑森旗鼓，但餘技、阿孃分與。灑然林下高風，鳳毛幸睹。」〈將往吳門和韻賦酬雲門·花發狀元紅慢〉云：「白手無持，紅牙細按，燦心蕊都坼。金相玉質。麗才擅、不數文章燕國。下筆風雨驚，日試萬言何雄特。苦耽吟、怕夜深臨鏡，鬢點霜白。可奈梅花催我，躡履靈巖，檥舟石壁。明日天涯獨對酒，問何似、繾綣今夕。暮雲思渭水，寒雨送吳江行客。更回頭、看整頓濟時，垂手饑溺。」〈題周養莽篝燈紡讀圖·鎖窗寒〉云：「穗影凋春，機聲送夕，素帷兒女。柔絲萬轉，未抵心中愁緒。忍無眠、漏殘未休，父書檢疊親傳與。對短檠、慘碧年年，禁慣潎廬風雨。回顧。浮名誤。記手線縫衣，淚揮臨去。京塵半染，負了當年烏哺。想官齋、樺煙夜燒，往懷暗觸悲誰語。待瀧岡墓表，新題大筆同千古。」

王木齋

上元王木齋德楷，與予侄承慶為酉同年生，昔年在文芸閣席上見之，遂與訂交。木齋記問博雅，善談論。庚子辛丑間，在滬上，蓋無日不相往還。所著《娱生軒詞》，近年其鄉人盧君冀野始獲錄刊一卷，蓋遺稿散佚者多矣。〈壽樓春〉云：「聽啼鶯消魂。向垂楊萬綠，立盡黃昏。輸與澆愁紅友，醉鄉延春。頻悵望，年時人。數飄零、誰依王孫。算鵜鏡盟寒，鴛樓夢熟，芳思總成塵。重來處，空斜曛。蕩歌雲一片，猶戀芳尊。應有文蛛罥壁，候蟲迎門。聊蹤酒，張吾軍。眷舊情、翻憐桃根。任顇影扶花，東風淚盈欹岸巾。」此詞作於秦淮水榭，時有所眷，已他適矣。予略知其本事也。

壽石工

山陰壽石工鉨，規橅夢窗，意濃語澀，有《玨庵詞》行世。〈城南歌席・蘭陵王〉云：「水仙瑟。流響煎情共急。依稀嚴帳古簾，瞥眼繁花媚瑤碧。清寒味慣識。蕭寂。春如過客。黃昏半、何處頓歡，微著歌雲弄香息。迴風麝塵藉。但碎語蟲天，零夢鷗席。商弦催唱銷魂色。看萼熨眉小，暈酣渦淺，俟光飄送電駱驛。怎臨去禁得。行歷九街直。漸入畫遙空，皴黱鉛墨。沉陰戲鼓聲中黑。便約扇籠瞑，障羞痕窄。燈筵妝竟，又罥影，翠黛澀。」是詞不特藻采芬逸，氣韻尤高，勁氣中深含靜穆之旨。予嘗謂夢窗詞，如漢魏文，潛氣內轉，不恃虛字銜接。不善學者，但於字句求之，失之遠矣。石工真善學者也。

許守白

番禺許守白之衡，羅君棪東之戚。曩在北都，時相過從，今歿已數年矣。予昔評其詞，謂意深而能透，辭碎而能整。朱漚尹則謂其思窈而沉，筆重而健，亦海南之傑出者也。〈和清真韻・滿路花〉云：「簾鉤閣晚陰，窗槅融晴雪。飛梅嬌弄蕊，輕塵絕。游絲拂處，一縷柔情折。客愁天際闊。不斷平蕪，送人又換韶節。新梢紅糝，暗灑啼鵑血。雲屏燈影顫，春魂接。蓮壺動響，催夜聲聲切。幽夢尋花說。卻愁好花似人，容易輕別。」

譚祖庚

茶陵譚祖庚軍部恩闓，文勤公第四子，組安先生之弟也。吾友陳伯弢在日，盛稱其能詞。庚午，其公子光刊其《靈鶼蒲萄竟館遺詞》，予曾序之。〈擬花間四字令〉云：「蘭釭穗長。金猊燼涼。玉階碧瓦凝霜。送流光滿窗。鸞釵澹妝。羅褚素璫。相思欲夢高唐。望巫山斷腸。」〈桂殿秋〉云：「秋正好，日初融。鈿車經處瑞香濃。矢桃華始瑤臺露，叢桂馨時玉殿風。」小詞澤古，甚見才力，惜得年不永耳。

新鋭文叢44　PG2015

新鋭文創
INDEPENDENT & UNIQUE

夏敬觀談近代詩詞：
忍古樓詩詞話

原　　著　　夏敬觀
主　　編　　蔡登山
責任編輯　　陳慈蓉
圖文排版　　周妤靜
封面設計　　楊廣榕

出版策劃　　新鋭文創
發 行 人　　宋政坤
法律顧問　　毛國樑　律師
製作發行　　秀威資訊科技股份有限公司
114 台北市內湖區瑞光路76巷65號1樓
電話：+886-2-2796-3638　傳真：+886-2-2796-1377
服務信箱：service@showwe.com.tw
http://www.showwe.com.tw
郵政劃撥　　19563868　戶名：秀威資訊科技股份有限公司
展售門市　　國家書店【松江門市】
104 台北市中山區松江路209號1樓
電話：+886-2-2518-0207　傳真：+886-2-2518-0778
網路訂購　　秀威網路書店：https://store.showwe.tw
國家網路書店：https://www.govbooks.com.tw

出版日期　　2018年3月　BOD一版
定　　價　　350元

Printed in Taiwan

國家圖書館出版品預行編目

夏敬觀談近代詩詞：忍古樓詩詞話 / 夏敬觀原著；蔡登山主編. -- 一版. -- 臺北市：新銳文創, 2018.03
面； 公分. -- (新銳文叢；44)
BOD版
ISBN 978-957-8924-05-5(平裝)

1.詩詞 2.詩話 3.詞話

821.886 107002676

讀者回函卡

感謝您購買本書，為提升服務品質，請填妥以下資料，將讀者回函卡直接寄回或傳真本公司，收到您的寶貴意見後，我們會收藏記錄及檢討，謝謝！
如您需要了解本公司最新出版書目、購書優惠或企劃活動，歡迎您上網查詢或下載相關資料：http:// www.showwe.com.tw

您購買的書名：＿＿＿＿＿＿＿＿＿＿＿＿＿＿＿＿＿＿

出生日期：＿＿＿＿年＿＿＿＿月＿＿＿＿日

學歷：□高中（含）以下　□大專　□研究所（含）以上

職業：□製造業　□金融業　□資訊業　□軍警　□傳播業　□自由業
□服務業　□公務員　□教職　□學生　□家管　□其它＿＿＿

購書地點：□網路書店　□實體書店　□書展　□郵購　□贈閱　□其他

您從何得知本書的消息？
□網路書店　□實體書店　□網路搜尋　□電子報　□書訊　□雜誌
□傳播媒體　□親友推薦　□網站推薦　□部落格　□其他＿＿＿＿＿

您對本書的評價：（請填代號　1.非常滿意　2.滿意　3.尚可　4.再改進）
封面設計＿＿　版面編排＿＿　內容＿＿　文／譯筆＿＿　價格＿＿

讀完書後您覺得：
□很有收穫　□有收穫　□收穫不多　□沒收穫

對我們的建議：＿＿＿＿＿＿＿＿＿＿＿＿＿＿＿＿＿＿

＿＿＿＿＿＿＿＿＿＿＿＿＿＿＿＿＿＿＿＿＿＿＿＿＿

＿＿＿＿＿＿＿＿＿＿＿＿＿＿＿＿＿＿＿＿＿＿＿＿＿

＿＿＿＿＿＿＿＿＿＿＿＿＿＿＿＿＿＿＿＿＿＿＿＿＿

請貼
郵票

11466
台北市內湖區瑞光路 76 巷 65 號 1 樓
秀威資訊科技股份有限公司 收
BOD 數位出版事業部

……………………………………………………………………………

（請沿線對折寄回，謝謝！）

姓　　名：＿＿＿＿＿＿＿＿　年齡：＿＿＿＿　性別：□女　□男

郵遞區號：□□□□□

地　　址：＿＿＿＿＿＿＿＿＿＿＿＿＿＿＿＿＿＿＿＿

聯絡電話：(日) ＿＿＿＿＿＿＿＿＿＿ (夜) ＿＿＿＿＿＿＿＿＿＿

E-mail：＿＿＿＿＿＿＿＿＿＿＿＿＿＿＿＿＿＿＿＿